E-Mail AF

LITRA DUKT

MARYSE CONDÉ

Mein Lachen und Weinen

Wahre Geschichten aus meiner Kindheit

Aus dem Französischen
von Ingeborg Schmutte

LITRADUKT

Bibliographische Information der Deutschen Bibliothek:
Die Deutsche Nationalbibliothek verzeichnet diese Publikation in der Deutschen Nationalbibliographie; detaillierte bibliographische Daten sind im Internet unter *http://dnb.ddb.de* abrufbar.

Erste Auflage, Oktober 2020
Ungekürzte Ausgabe
Litradukt, Literatureditionen Manuela Zeilinger-Trier,
www.litradukt.de

Das französische Original erschien 1999 unter dem Titel
»Le Cœur à rire et à pleurer. Contes vrais de mon enfance«,

Aus dem Französischen von Ingeborg Schmutte
Lektorat: Peter Trier
Umschlaggestaltung und Satz: Berliner Süden
Umschlagabbildung: Retha Ferguson
Herstellung: CPI Clausen & Bosse, Leck
Printed in Germany

ISBN: 978-3-940435-35-4

Die Anmerkungen stammen von der Übersetzerin.

INHALT

Für meine Mutter

»Was uns die Intelligenz als Vergangenheit liefert, das ist die Vergangenheit nicht.«

Marcel Proust, *Gegen Sainte-Beuve*

FAMILIENPORTRÄT

Hätte jemand meine Eltern nach ihrer Meinung über den Zweiten Weltkrieg gefragt, so hätten sie ohne zu zögern geantwortet, es sei die düsterste Zeit gewesen, die sie jemals erlebt hatten. Nicht etwa wegen des zweigeteilten Frankreich, der Lager von Drancy und Auschwitz, der Ausrottung von sechs Millionen Juden, noch wegen all der Verbrechen gegen die Menschlichkeit, die immer noch nicht vollständig gesühnt sind, sondern weil ihnen das für sie Wichtigste sieben endlose Jahre verwehrt war: ihre Reisen nach Frankreich. Da mein Vater ehemaliger Beamter und meine Mutter noch im Dienst war, hatten sie regelmäßig Anspruch auf einen Urlaub »im Mutterland« mit ihren Kindern. Frankreich war für sie keineswegs der Sitz der Kolonialmacht. Es war wirklich das Mutterland, und Paris die Lichterstadt, die allein ihrem Leben Glanz verlieh. Meine Mutter befrachtete uns den Kopf mit Beschreibungen der Wunderdinge des Carreau du Temple* und des Marché Saint-Pierre mit der Sainte-Chapelle und Versailles als Zugabe. Mein Vater bevorzugte den Louvre und das Tanzlokal *La Cigale*, wo er sich als junger Mann vergnügt hatte. Daher bestiegen sie Mitte 1946 wieder mit Freuden das Passagierschiff, das sie nach Le Havre, erste Zwischenstation auf den Weg in die Wahlheimat, bringen sollte.

Ich war die kleine Nachzüglerin. In einer der mythischen Geschichten der Familie ging es um meine

* Markthalle im dritten Arrondissement.

Geburt. Mein Vater war rüstige dreiundsechzig Jahre alt. Meine Mutter hatte gerade ihren dreiundvierzigsten Geburtstag gefeiert. Als sie ihr Blut nicht mehr sah, glaubte sie an die ersten Anzeichen der Menopause und eilte zu Doktor Mélas, ihrem Gynäkologen, der sie siebenmal entbunden hatte. Nachdem er sie untersucht hatte, brach er in lautes Gelächter aus.

»Das hat mich derart beschämt«, erzählte meine Mutter ihren Freundinnen, »dass ich mir in den ersten Monaten meiner Schwangerschaft wie eine ledige Mutter vorkam. Ich versuchte, meinen Bauch vor mir zu verbergen.«

Auch wenn sie stets hinzufügte – und mich dabei mit Küssen bedeckte –, dass ihr *kras à boyo** die Stütze ihres Alters geworden sei, empfand ich doch jedes Mal den gleichen Kummer, wenn ich diese Geschichte hörte: Ich war kein Wunschkind gewesen.

Heute stelle ich mir wieder die ungewöhnliche Schau vor, die wir boten, wenn wir im trübsinnigen Nachkriegs-Paris auf den Terrassen des Quartier Latin saßen. Mein Vater, gut erhaltener ehemaliger Frauenheld, meine mit kreolischem Schmuck reich behängte Mutter, ihre acht Kinder: meine Schwestern mit gesenktem Blick, aufgeputzt wie Reliquienschreine, meine jugendlichen Brüder, einer von ihnen bereits im ersten Jahr des Medizinstudiums, und ich, die maßlos verwöhnte, geistig frühreife Göre. Voller Bewunderung flatterten die Kellner, ihre Tabletts auf der Hüfte balancierend, wie ein Schwarm Honigbienen um uns herum.

* »Eingeweideabfall«. Ausdruck für ein Kind, das als Letztes der Familie lange nach den Geschwistern geboren wird.

Während sie die Minz-Diabolos servierten, ließen sie immer wieder hören:

»Wie gut Sie französisch sprechen!«

Meine Eltern empfingen das Kompliment, ohne eine Miene zu verziehen oder zu lächeln, und beschränkten sich auf ein Nicken. Sobald die Kellner den Rücken gekehrt hatten, riefen sie uns zu Zeugen auf:

»Wir sind aber doch genauso Franzosen wie sie«, seufzte mein Vater.

»Französischer«, trumpfte meine Mutter heftig auf. Zur Erklärung fügte sie hinzu: »Wir sind gebildeter. Wir haben bessere Manieren. Wir lesen mehr. Manche von ihnen sind nie aus Paris hinausgekommen, während wir den Mont-Saint-Michel, die Côte d'Azur und die Baskenküste kennen.«

In diesem Austausch lag etwas Pathetisches, das mich, so klein ich war, bestürzte. Sie beklagten sich über eine schlimme Ungerechtigkeit. Grundlos gab es einen Rollentausch. Die Trinkgeldempfänger in schwarzer Weste und weißer Schürze erhoben sich über ihre großzügigen Kunden. Sie besaßen auf ganz natürliche Art jene französische Identität, die meinen Eltern trotz deren gutem Auftreten abgesprochen, verweigert wurde. Und ich begriff nicht, wieso diese stolzen, selbstzufriedenen, in ihrem Land angesehenen Leute mit den Kellnern wetteiferten, die sie bedienten.

Eines Tages beschloss ich, mir Klarheit darüber zu verschaffen. Wie jedes Mal, wenn ich in schwieriger Lage war, wendete ich mich an meinen Bruder Alexandre, der sich in Sandrino umbenannt hatte, »um amerikanischer zu wirken«. Sandrino, Erster in seiner Klasse, die Taschen voller Liebesbriefchen von seinen Mädchen, wirkte auf mich wie die Sonne am Himmel. Als guter Bruder behandelte er mich mit beschützender Zuneigung. Ich konnte aber nicht verwinden, nur seine kleine Schwester zu sein. Vergessen, sobald eine Wespentaille aufkreuzte oder ein Fußballspiel begann. Ob er wohl etwas vom Verhalten unserer Eltern begriff? Warum beneideten sie Leute so stark, die ihnen nach eigener Aussage das Wasser nicht reichen konnten?

Wir wohnten im siebenten Arrondissement in einer Erdgeschosswohnung einer ruhigen Straße. Es war nicht wie in La Pointe*, wo wir festgeschraubt, mit einem Vorhängeschloss ans Haus gekettet waren. Unsere Eltern erlaubten uns hinauszugehen, so oft wir wollten, sogar mit den anderen Kindern zu verkehren. Ich fand damals diese Freiheit erstaunlich. Später begriff ich, dass unsere Eltern in Frankreich nicht befürchteten, wir könnten anfangen kreolisch zu sprechen oder Gefallen an der *gwoka*** finden wie die *petits nègres*, die Armen von La Pointe. Ich erinnere mich, dass wir an jenem Tag mit den Blondschöpfen aus dem ersten Stock Fangen gespielt und ein Vesper aus getrockneten Früchten geteilt haben, Paris hatte nämlich noch Versorgungsengpässe. Um diese Stunde begann die Nacht den Himmel in ein Sternensieb zu verwandeln. Wir schickten uns schon an, wieder ins Haus zu gehen, bevor eine meiner Schwestern den Kopf aus dem Fenster streckte und uns

* Kreolischer Name von Pointe-à-Pitre, der größten Stadt Guadeloupes.

** Volkstümliche guadeloupeanische Tanzmusik in afrikanischer Tradition, benannt nach dem Hauptinstrument, einer Doppel-Handtrommel.

zurief: »Kinder! Papa und Mama haben gesagt, ihr sollt kommen.«

Um mir zu antworten, lehnte Sandrino sich an ein Einfahrtstor. Sein gutmütiges, noch kindlich-pausbäckiges Gesicht bedeckte sich mit einer finsteren Maske. Seine Stimme nahm einen ernsten Ton an:

»Kümmere dich nicht drum«, warf er ein. »Papa und Mama sind zwei Entfremdete.«

Entfremdete? Was sollte das heißen? Ich wagte keine Fragen zu stellen. Nicht zum ersten Mal hörte ich Sandrino über meine Eltern lästern. Meine Mutter hatte über ihrem Bett ein aus *Ebony** ausgeschnittenes Foto aufgehängt. Darauf konnte man eine Familie von schwarzen Amerikanern, wie die unsere mit acht Kindern, bewundern. Alle waren Ärzte, Rechtsanwälte, Ingenieure, Architekten. Kurz gesagt, der Stolz ihrer Eltern. Dieses Foto inspirierte Sandrino zu den schlimmsten Spötteleien; nicht ahnend, dass er sterben würde, ehe sein Leben begonnen hatte, schwor er, er werde einmal ein berühmter Schriftsteller werden. Er versteckte die ersten Seiten seines Romans vor mir, hatte aber die Gewohnheit, mir seine Gedichte vorzutragen, die mich ratlos zurückließen, denn seiner Meinung nach war Poesie nicht zu verstehen. Ich verbrachte die folgende Nacht damit, mich in meinem Bett hin und her zu wälzen, auf die Gefahr hin, meine Schwester Thérèse zu wecken, die über meinem Kopf schlief. Ich hatte doch meinen Vater und meine Mutter sehr lieb. Gewiss bereiteten mir ihre ergrauenden Haare, ihre

* Seit 1945 erscheinende, vor allem an eine schwarze Leserschaft gerichtete US-amerikanische Zeitschrift.

Falten auf der Stirn keine Freude. Ich hätte sie lieber als zwei junge Menschen gehabt. Ach! Wenn man doch meine Mutter für meine große Schwester hielte, wie das meiner guten Freundin Yvelise geschah, wenn ihre Mutter sie zum Religionsunterricht begleitete. Gewiss empfand ich es als echte Plage, wenn mein Vater seine Rede mit lateinischen Sätzen schmückte, die man, wie ich später herausfand, im *Petit Larousse illustré* finden konnte: *Verba volent. Scripta manent. Carpe diem. Pater familias. Deus ex machina.* Ich litt vor allem angesichts der gut getönten Haut meiner Mutter unter den um zwei Farbnuancen zu hellen Strümpfen, die sie bei der Wärme trug. Ich wusste aber, dass sie uns im tiefsten Herzen zärtlich liebten, und mir war klar, dass sie alles daran setzten, uns auf das vorzubereiten, was sie für die schönste Existenz hielten.

Gleichzeitig hatte ich zu viel Vertrauen zu meinem Bruder, um sein Urteil anzuzweifeln. Ich merkte an seiner Miene, seinem Tonfall, dass dieses geheimnisvolle Wort »Entfremdete« auf eine beschämende Erkrankung wie Tripper hinwies, vielleicht sogar auf eine tödliche wie den Typhus, der im vergangenen Jahr viele Leute in La Pointe hinweggerafft hatte. Um Mitternacht gelang es mir schließlich dadurch, dass ich alle Indizien miteinander verband, so etwas wie eine Theorie zusammenzubasteln. Entfremdet ist eine Person, die zu sein versucht, was sie nicht sein kann, weil sie nicht sein mag, was sie ist. Um zwei Uhr morgens, als ich müde wurde, schwor ich verwirrt, niemals eine Entfremdete zu werden.

Ich wachte folglich als ein ganz anderes kleines Mädchen auf. Das Musterkind war vorlaut und streitlustig geworden. Da ich nicht so recht wusste, was ich aufs Korn nehmen sollte, begnügte ich mich damit, alles in Frage zu stellen, was meine Eltern vorschlugen. Eine Opernsoiree, um den Trompeten von *Aida* oder den Glöckchen von *Lakmé* zu lauschen. Einen Besuch in der Orangerie, um die *Wasserlilien* zu bewundern. Oder einfach ein Kleid, ein Paar Schuhe, Schleifen für meine Haare. Meine Mutter, die sich nicht durch Geduld auszeichnete, knauserte nicht mit Backpfeifen. Zwanzig Mal am Tag rief sie laut:

»Mein Gott! Was ist bloß in dieses Kind gefahren?«

Ein am Ende dieses Frankreichaufenthalts aufgenommenes Foto zeigt uns im Jardin du Luxembourg. Meine Geschwister, aufgereiht wie Zinnsoldaten. Mein Vater, schnurrbärtig, in einer Pelisse mit Pelzkragen. Meine Mutter, mit allen ihren Perlzähnen lächelnd, mit ihren mandelförmig gezogenen Augen unter einem grauen Filzhut. Zwischen ihren Beinen ich, mickrig, hässlich durch den schmollenden und verärgerten Gesichtsausdruck, den ich bis zum Ende der Adoleszenz pflegen sollte, bis mich das Schicksal, das die undankbaren Kinder immer zu hart trifft, mit zwanzig Jahren zur Waise machte.

Seither habe ich alle Zeit gehabt, die Bedeutung des Wortes »entfremdet« zu verstehen und mich vor allem zu fragen, ob Sandrino Recht hatte. Waren meine Eltern Entfremdete? Auf jeden Fall waren sie nicht stolz auf ihr afrikanisches Erbe. Sie ignorierten es. Soviel ist sicher! Während der genannten Frankreichaufenthalte nahm mein Vater niemals den Weg in die Rue des Écoles, wo im Kopf von Alioune Diop die Zeitschrift *Présence africaine* entstand. Wie meine Mutter war auch er überzeugt, dass nur die westliche Kultur eine Existenzberechtigung hat, und er zeigte sich dankbar gegenüber Frankreich, dass es ihnen ermöglicht hatte, sie zu erwerben. Zugleich empfanden alle beide nicht das geringste Minderwertigkeitsgefühl wegen ihrer Hautfarbe. Sie hielten sich als *Grands-Nègres** für die Hervorragendsten und Intelligentesten, für den schlagenden Beweis der Fortschritte ihrer Rasse.

Ist das »entfremdet«?

* Wörtlich »große Neger«, Bezeichnung für hochgestellte Personen. Das Wort »Neger« hat auf den Antillen in der Regel keine abwertende Bedeutung.

MEINE GEBURT

Mein Vater, gleichgültig wie gewohnt, hatte keine besondere Vorliebe. Meine Mutter dagegen wünschte sich ein Mädchen. Die Familie hatte bereits drei Mädchen und vier Buben. Das würde die Lager ausgleichen. Nachdem meine Mutter die Scham überwunden hatte, in ihrem ehrwürdigen Alter bei fleischlichem Tun ertappt zu sein, freute sie sich sehr über ihren Zustand. War sogar stolz darauf. Ihr Lebensbaum war nicht verwelkt, nicht vertrocknet. Er konnte noch Früchte tragen. Entzückt sah sie vor ihrem Spiegel ihren Bauch sich runden, ihre Brüste prall werden, lieblich wie ein Paar Ringeltauben. Alle Leute beglückwünschten sie zu ihrer Schönheit. Eine neue Jugend versetzte ihr Blut in Wallung, ließ ihre Haut und ihre Augen erstrahlen. Auf magische Weise verschwanden ihre Falten. Ihre Haare wuchsen, wuchsen, dicht wie ein Wald, und während sie sie zum Knoten aufsteckte, summte sie, was selten geschah, ein altes kreolisches Lied, das sie von ihrer seit fünf Jahren verstorbenen Mutter gehört hatte:

Sura an blan
Ka sanmb on pijon blan
Sura an gri
*Ka sanmb on toutewèl.**

* *Surah in Weiß / Sieht aus wie eine weiße Taube / Surah in Grau / Sieht aus wie eine Turteltaube.* Das Lied ist möglicherweise eine Anspielung auf einen Politiker, der dafür bekannt war, häufig seine Meinung zu wechseln.

Ihr Zustand ging jedoch schnell in eine ungute Schwangerschaft über. Als die Übelkeiten aufhörten, trat dafür Erbrechen ein. Darauf Schlaflosigkeit. Anschließend Krämpfe. Peinigend schnitten Krebsscheren ihr in die Waden. Ab dem vierten Monat war sie erschöpft und bei der kleinsten Bewegung schweißnass. Den Sonnenschirm in der kraftlosen Hand, schob sie ihren Körper in der brütenden Hitze der Trockenzeit bis Dubouchage, wo sie hartnäckig weiterunterrichtete. Damals kannte man den skandalösen Mutterschutz nicht: vier Wochen vor der Geburt, sechs Wochen danach oder umgekehrt. Die Frauen arbeiteten bis unmittelbar vor der Entbindung. Wenn sie völlig übermüdet in die Schule kam, ließ sie sich im Büro der Schulleiterin Marie Célanie in einen Sessel plumpsen. Diese war im Grunde ihres Herzens der Ansicht, dass man mit über vierzig Jahren nicht mehr Liebe mit einem Ehemann machte, der schon ein Veteran war. Das passt zu Jüngeren. Dennoch äußerte sie keinen dieser wenig barmherzigen Gedanken. Sie tupfte ihrer Freundin den Schweiß von der Stirn und verabreichte ihr Pfefferminzschnaps, verdünnt mit eiskaltem Wasser. Unter dem Brennen der Mischung bekam meine Mutter wieder Luft und ging in ihre Klasse. Ihre Schülerinnen, die sie fürchteten, hatten die Wartezeit nicht genutzt, um Unordnung zu stiften. Mit gesenkten Köpfen, als ob nichts gewesen wäre, befassten sie sich mit ihren Schulheften.

Zum Glück gab es zur Erholung, mehr als den Sonntag mit dem zur lästigen Pflicht gewordenen Hochamt, den Donnerstag. An diesem Tag waren meine älteren Geschwister aufgefordert, sich zurückzuhalten.

Meine Mutter, ein Fleischberg unter den bestickten Leinwandlaken, hütete das Bett im Dämmerlicht ihres Schlafzimmers, weil alle Fensterläden geschlossen blieben. Der Ventilator surrte. Gegen zehn Uhr hatte die mit dem Haushalt betraute Gitane ihren Staubwedel bereits über die Möbel geführt, die Teppiche geklopft und ihre x-te Tasse verdünnten Kaffee getrunken. Jetzt brachte sie Kannen mit heißem Wasser nach oben und half meiner Mutter bei ihrer Toilette. Diese setzte sich mit ihrem granatengleichen Bauch, an dessen Spitze der Nabel barbarisch vorragte, in die Zinkwanne, wo ihr das Mädchen mit einem Bausch aus Blättern den Rücken schrubbte. Darauf trocknete Gitane sie mit einem Badehandtuch ab, bestäubte sie mit weißem Talkumpuder wie einen Fisch vor dem Frittieren und half ihr, ein Nachthemd aus Baumwolle mit Lochstickerei anzuziehen. Danach legte sich meine Mutter wieder hin und döste bis zur Rückkehr meines Vaters. Vergeblich bereitete die Köchin leckere Gerichte zu: Hühnerbrust, Königinnenpasteten mit Fechterschneckenfleisch, Blätterteiggebäck mit Tintenfischfrikassee, Süßwassergarnelen im Sud, meine Mutter mit ihren Gelüsten schob alles unwillig beiseite:

»Ich will frittierte Fischbällchen!«

Unverdrossen rannte die Köchin wieder an ihren Kohleherd, während mein ungeduldig gewordener Vater sich sagte, dass seine Frau sich zu sehr gehen ließ, sich seine Laune aber wohlweißlich nicht anmerken ließ und sich in die Lektüre des *Nouvelliste* vertiefte. Mit einem Gefühl der Befreiung verließ er gegen zwei Uhr nachmittags, nachdem er eilig einen Kuss auf die feuchte Stirn gedrückt hatte, das nach Orangenblüten und Asa foetida riechende Schlafzimmer und kehrte ins helle Sonnenlicht zurück. Was für ein Glück, von all diesen Widerlichkeiten verschont zu sein! Von monatlichen Blutungen, Schwangerschaften, Geburten, Menopausen! Während er über die Place de la Victoire ging, warf er sich in die Brust vor Genugtuung darüber, ein Mann zu sein. Die Leute erkannten ihn und sahen in ihm, was er war: einen Angeber. In dieser Zeit näherte sich mein Vater, ohne etwas wirklich Verwerfliches zu tun, den Freunden wieder an, die er vernachlässigt hatte, weil sie meiner Mutter missfielen. Er fand wieder Gefallen an *belote**- oder Dominoturnieren, die sie für ordinär hielt, und rauchte gewaltige Mengen von Montecristo-Zigarren.

Etwa in ihrem siebenten Monat begannen meiner Mutter die Beine anzuschwellen. Eines Morgens erwachte sie mit zwei dicken Säulen, durchzogen von einem Geflecht geschwollener Venen, die sie kaum bewegen konnte. Das war das ernste Zeichen, dass sie Eiweiß im Urin hatte. Sofort verordnete ihr Doktor Mélas absolute Ruhe, keinen Schulbesuch mehr und eine äußerst strikte Diät ohne ein Körnchen Salz. Von da ab aß meine Mutter nur noch Früchte. Sapodillas, Bananen, Weintrauben. Vor allem Äpfel aus Frankreich, rot und rund wie die Wangen des Cadum-Babys**. Mein Vater bestellte sie kistenweise bei einem Freund, einem Händler auf den Kais. Die Köchin machte daraus Kompott, Bratäpfel mit Zimt und braunem Zucker sowie Krapfen. Der Geruch dieser Früchte, die zu schnell

* Beliebtes französisches Kartenspiel.

** Werbefigur des französischen Seifenherstellers Cadum.

reiften, zog hartnäckig vom Erdgeschoss in die Schlafzimmer der zweiten Etage, so dass meinen Geschwistern übel wurde.

Jeden Nachmittag gegen fünf Uhr setzten sich die guten Freundinnen meiner Mutter um ihr Bett. Wie mein Vater waren sie der Ansicht, dass sie sich zu sehr gehen ließ. Deshalb stellten sie sich taub, wenn meine Mutter zu stöhnen begann, und erzählten ihr die Neuigkeiten von La Pointe: Taufen, Hochzeiten, Sterbefälle. Stell dir vor, das Geschäft für Baumaterialien Pravel hat lichterloh gebrannt! Aus den Trümmern hatte man die verbrannten Körper von fünf Arbeitern gezogen, und Herrn Pravel, einem weißen Kreolen, war das völlig egal, herzlos wie die weißen Kreolen alle sind. Man sprach von Streik. Meine Mutter, die sich bereits unter normalen Umständen nicht um soziale Probleme kümmerte, interessierte sich weniger denn je dafür. Sie kam wieder auf sich zu sprechen. Ich hatte in ihrem Bauch gestrampelt. Ich hatte ihr meinen ersten Fußtritt verpasst. Famos! Sollte ich, Gott bewahre, ein Junge sein, würde ein erstklassiger Fußballspieler aus mir werden.

Der Geburtstermin rückte näher. Sie war so dick, dass sie nicht mehr in ihre Badewanne passte und ihre Zeit im Bett oder in ihrem Schaukelstuhl verbrachte. Sie hatte drei karibische Körbe mit meiner Babyausstattung gefüllt und ließ sie von ihren Freundinnen bewundern. In dem einen die Hemdchen aus Batist, Seide oder Spitze, die weichen Babyschuhe aus DMC-Häkelgarn sowie die Kapuzencapes, Mützchen und Lätzchen, alles in Rosa. Im anderen Korb Jäckchen und Windeln von zweierlei Güte: Frottee oder einfache Baumwolle. Im dritten Korb die bestickten Laken, die gesteppten Tagesdecken und die Handtücher ... Es gab in einer hübschen Schachtel aus Pappmaschee auch Schmuck: ein Gliederarmband, natürlich ohne Gravur, eine Kette mit ihrer Traube frommer Medaillons und eine wunderschöne Brosche. Anschließend betraten die Besucherinnen auf Zehenspitzen das Allerheiligste: den Raum, der für mich bestimmt war, eine hergerichtete ehemalige Abstellkammer neben dem Elternschlafzimmer. Meine Mutter war sehr stolz auf eine Darstellung der Verkündigung mit dem Engel Gabriel und seiner weißen Lilie, die ich meine ganze Kindheit hindurch auf einer Wand betrachtet habe, sowie auf ein Nachtlicht in Form einer chinesischen Pagode, die auf einer kleinen Kommode einen rosafarbenen Schein warf.

Mittlerweile herrschte Karneval, und La Pointe war brünstig. Eigentlich gab es zwei Karnevale. Der eine bürgerlich mit kostümierten Fräuleins und Wagenkorsos auf der Place de la Victoire und der andere volkstümlich und allein von Bedeutung. Am Sonntag kamen bandenweise *mas** aus den Vororten und strebten gemeinsam zum Herzen der Stadt: Blätter-, Horn- und Teermasken. *Moko zombi* auf Stelzen. Peitschen knallten. Pfiffe schlugen in die Trommelfelle ein, und die *gwoka* trommelte Schläge, die die gelbe Ölwanne der Sonne kippen ließen. Die Masken füllten die Straßen, erfanden tausend Possen, tollten herum. In der Menge prügelte man sich, um sie zu sehen. Die anständigen Leute hatten es besser, sie versammelten sich auf den Balkonen und warfen ihnen Geldstücke zu. An diesen

* Maskierte Tänzer.

Tagen konnte man Sandrino nicht im Haus halten. Er tauchte ab. Manchmal fanden die suchenden Dienstmädchen ihn angetrunken und mit befleckter Kleidung, die mit Eau de Javel nicht zu reinigen war. Doch war das selten. Im Allgemeinen tauchte er erst nachts wieder auf und nahm klaglos die Schläge in Empfang, die mein Vater ihm mit dem Lederriemen verabreichte.

Am Karnevalsdienstag setzten um zehn Uhr morgens Schmerzen bei meiner Mutter ein, die sie wiederzuerkennen meinte: Eröffnungswehen. Bald jedoch wurden sie seltener und ließen sie in Ruhe. Der schnell herbeigerufene Doktor Mélas versicherte nach der Untersuchung, dass nichts vor dem nächsten Morgen geschehen würde. Zu Mittag aß meine Mutter mit gutem Appetit die Krapfen der Köchin, verlangte sogar mehr davon und trank mit meinem Vater ein Glas Champagner. Sie brachte es immerhin fertig, Sandrino eine gehörige Standpauke zu halten, den Gitane soeben mit wehendem Hemd an der Ecke der Rue Dugommier eingefangen hatte. In Kürze würde der liebe Gott ihm eine kleine Schwester (oder einen kleinen Bruder) bescheren, die er mit seinen Ratschlägen und durch das gute Beispiel anleiten solle. Es sei jetzt nicht der Moment, den Räuber zu spielen. Sandrino lauschte mit der Skepsis, die er allen Äußerungen seiner Eltern entgegenbrachte. Er hatte keine Lust, irgendjemandem als Beispiel zu dienen, und konnte mit einem Neugeborenen nichts anfangen. Dennoch, so versicherte er mir, gewann er mich sofort lieb, als er mich einige Stunden später, herausgeputzt wie eine Prinzessin, in all meiner schmächtigen Hässlichkeit erblickte.

Um ein Uhr nachmittags strömten die Masken aus allen Winkeln der Vororte herbei und fielen in La Pointe ein. Als die ersten *gwoka*-Schläge die Himmelssäulen erbeben ließen, verlor meine Mutter ihr Fruchtwasser, als hätte sie nur auf dieses Signal gewartet. Mein Vater, meine älteren Geschwister und die Bediensteten gerieten in Panik. Keine Ursache! Zwei Stunden später war ich geboren. Doktor Mélas kam noch rechtzeitig, um mich, glitschig, wie ich war, in seinen großen Händen aufzufangen. Er sollte später jedem, der es hören wollte, erzählen, ich sei durchgegangen wie geschmiert.

Mir gefällt der Gedanke, dass mein erster Schreckensschrei unbemerkt im Freudentaumel einer Stadt widerhallte. Ich sehe darin gern ein Zeichen, ein Zeichen für meine zukünftige Fähigkeit, mit den größten Kümmernissen lächelnd umzugehen. Meiner großen Schwester Émilia nahm ich übel, dass auch sie unter den Böllern und Raketen eines 14. Juli geboren worden war. Sie raubte meiner Geburt den Charakterzug, der sie in meinen Augen einzigartig machte. Einen Monat später wurde ich mit großem Pomp getauft. Nach der Tradition kinderreicher Familien waren mein Bruder René und meine Schwester Émilia Taufpate und Taufpatin.

Als mir meine Mutter zehnmal am Tag in allen Einzelheiten die ganz gewöhnlichen Vorkommnisse erzählte, die meiner Geburt vorausgegangen waren – keine Mond- oder Sonnenfinsternis, keine Sternenbedeckungen, weder Erdbeben noch Zyklone –, war ich noch ganz klein und saß, an sie gelehnt, auf ihrem Schoß. Nichts ließ mich begreifen, warum ich nicht in ihrem Bauch geblieben war. Die Farben und Lichter der Welt um mich trösteten mich nicht über die undurchdringliche Dunkelheit hinweg, in der ich mit meinen Welsflossen neun Monate lang blind und selig herumgeschwommen war. Ich hatte nur ein einziges Verlangen: dorthin zurückzukehren, woher ich gekommen war, und so ein Glück wiederzufinden, das ich, wie ich wusste, nie mehr erfahren würde.

KLASSENKAMPF

Zu meiner Zeit gab es in La Pointe weder Vorschulen noch Kindergärten. Daher vermehrten sich die kleinen kostenpflichtigen Schulen rasch. Einige gaben sich anspruchsvolle Namen: »Privatunterricht Mondésir«. Andere ulkige: »die Bambinos«. Die angesehenste jedoch war die Schule der Schwestern Valérie und Adélaïde Rama, in die Leute, die sich für Großbürger hielten, ihre Kinder schickten. Sie befand sich in einer kleinen ruhigen Straße hinter der Kathedrale Sankt Peter und Paul im Erdgeschoss eines mehrstöckigen Hauses, das auf einen Hof hinausging, dessen Mangobäume den Spielen der Schüler zu jeder Jahreszeit Schatten spendeten. Die Schwestern Rama waren zwei alte Fräulein, die auf den ersten Blick genau gleich aussahen. Sehr schwarz, fast blau. Schlank, um nicht zu sagen dürr. Das sorgfältig entkräuselte Haar zum Knoten gebunden. In der Regen- wie in der Trockenzeit dunkel gekleidet, als trauerten sie um ein Leben als Ehefrauen und Mütter. Aber aus der Nähe sah man, dass Valérie über der Oberlippe einen Leberfleck, größer als ein Manschettenknopf, hatte und Adélaïde mit einer Zahnlücke lachte und immerhin weniger steif war. Sie legte manchmal einen Spitzenkragen auf ihre Kleider, und oft schaute das Weiß ihres Unterrocks hervor.

Valérie und Adélaïde waren sehr gebildet. Wer Zugang zum Büro erhielt, das sie sich im ersten Stock teilten, bewunderte die von Büchern in Glanzleder vollständig bedeckten Wände. Der ganze Victor Hugo.

Der ganze Balzac. Der ganze Émile Zola. Man konnte auch das strenge, wenngleich durch einen prächtigen Schnurrbart belebte Gesicht ihres verstorbenen Vaters in seinem klobigen Holzrahmen bewundern. Er war der erste schwarze Untersuchungsrichter von Guadeloupe gewesen. Meine Mutter, die die Schwestern Rama nicht mochte, warum weiß ich nicht, bedauerte heftig, dass diese schöne Linie im Begriff war auszusterben. Warum hatten weder Valérie noch Adélaïde Interessenten nach ihrem Geschmack gefunden? Meine Mutter hatte einen solchen Ruf, dass die Schwestern Rama sich zunächst weigerten, mich in die Schar der Mädchen aufzunehmen, denen sie Lieder wie *Frère Jacques* oder *Savez-vous planter des choux* beibrachten. Sie gaben nur unter der Bedingung nach, dass sie mir jedes Mal eine Tracht Prügel verabreichen durften, wenn ich es verdiente. Meine Mutter meckerte heftig:

»Wie, etwa Prügel? Ich will nicht, dass man mein Kind anrührt!«

Ausnahmsweise hatte aber mein Vater das letzte Wort, und ich fand Einlass. Während dieser ersten Jahre war die Schule mein Glück. Ich hatte noch nicht begonnen, sie zu hassen, sie als ein Gefängnis zu betrachten, in dem man sich an sinnlose Regeln halten musste.

In unserem Milieu arbeiteten alle Mütter und waren sehr stolz darauf. Sie waren zumeist Volksschullehrerinnen und empfanden lebhafteste Verachtung für die manuellen Tätigkeiten, die ihre Mütter so zugerichtet hatten. Für uns gab es keine *manmans*, die in abgetragenen *golles** zu Hause blieben, um uns, nachdem sie den Tag über Wäsche gewaschen und mit glühheißen Eisen gebügelt oder Wurzelgemüse gekocht hatten, zur Begrüßung auf der Türschwelle abzuküssen und abends die kreolischen Geschichten von Gevatter Zamba und Gevatter Kaninchen** zu erzählen. Mit fünf Jahren wussten wir über alles Unglück Bescheid, das *Allerleihrauh* aus dem Märchen von Perrault widerfuhr, mit sieben Jahren über *Sopie* und die *anderen Katastrophen**** der Comptesse de Ségur. Auch unsere Väter brachen früh auf mit Krawatte, weißem, steif gestärktem Baumwollanzug und Tropenhelmen auf dem Kopf, die nicht verhinderten, dass sie in dicken Tropfen schwitzten. Deshalb wurden wir Kinder eines Viertels von einem Dienstmädchen gruppenweise zur Schule geführt. Dieses Dienstmädchen musste absolut zuverlässig sein. Die Elternversammlung verwarf einstimmig Olga, das Mädchen der Familie Clavier, eine Übermütige, die zu einer Maskentruppe gehörte und beim Karneval mit Teer beschmiert auf den Straßen herumtollte. Sie lehnte auch das Mädchen der Familie Rouseau ab, das die ärgerliche Gewohnheit hatte, an Straßenecken zu stehen, um sich mit ihren Kavalieren zu unterhalten. Und das Mädchen der Familie Écanville, weil sie zu jung war.

* Traditionelles Kleid auf den Antillen. Eine *golle* ist weit geschnitten, reicht bis zu den Füßen und hat einen recht großen Ausschnitt.

** Figuren aus volkstümlichen Erzählungen in afrikanischer Tradition mit feststehendem Charakter: Gevatter Kaninchen ist gerissen, Gevatter Zamba, oft als Elefant dargestellt, stark und naiv.

*** *Sophie und andere Katastrophen (Les malheurs de Sophie)*: Kinderroman von Sophie de Ségur, erschienen 1858.

Die Wahl fiel auf Madonne, unser eigenes Dienstmädchen, das um die fünfzig war. Eine große traurige *chabine**, die ihre sechs eigenen Kinder auf dem Morne Udol sich selbst überließ und um fünf Uhr morgens in unserer Küche den Kaffee aufgoss. Madonne war nicht streng. Sie begnügte sich damit, an der Spitze zu laufen und ab und zu meinetwegen in die Hände zu klatschen, denn ich hing immer zurück und schaute nach oben, um mich von der Sonne blenden zu lassen oder mich an ausgedachten Heldentaten zu ergötzen. Sie erlaubte mir, auf der Place de la Victoire Paternostererbsen** aufzusammeln, um sie später zu einer Kette aufzufädeln. Statt den geraden Weg zu nehmen, ging sie alle möglichen Umwege. Aus all diesen Gründen waren wir sehr traurig, als plötzlich das Drama geschah.

Eines Morgens beging Madonne den unverzeihlichen Fehler, nicht zu ihrer Arbeit zu erscheinen. Eine meiner Schwestern musste das Frühstück bereiten. Eine andere uns zur Schule bringen. Gegen Tagesende, als man nicht mehr auf sie wartete, erschien einer ihrer Buben bei uns. Er murmelte in seinem schlechten Französisch, dass seine Mutter ihre schwerkranke Tochter ins Krankenhaus Saint-Jules hatte bringen müssen und nicht nur einen Vorschuss auf ihren Monat benötigte, sondern auch um mehrere Tage Urlaub bat. Meine Mutter rechnete schnell, zahlte alles, was sie schuldig war, und

* *Chabine* (männliche Form *chabin*): Bezeichnung für eine Person mit schwarzen und weißen Vorfahren, bei der Merkmale des afrikanischen und des europäischen Typus nebeneinander vorkommen.

** Tropische Hülsenfrüchte, so genannt, da die Kerne als Rosenkranzperlen verwendet werden. Sie sind hochgiftig.

entließ Madonne auf der Stelle, eine Haltung, die von den übrigen Eltern unterschiedlich kommentiert wurde. Insgesamt kamen sie zu dem Urteil, dass meine Mutter im Unrecht war. Wie man bereits wusste, war sie eine Herzlose. Danach, glaube ich, wurde meine Schwester Thérèse beauftragt, uns zu den Rama-Schwestern zu bringen. Einige Tage später, als ich der Gruppe eines Nachmittags wie gewöhnlich als Letzte hinterhertrödelte, sah ich mich plötzlich einem kräftigen, hochgewachsenen Jungen gegenüber, zumindest kam er mir so vor. Er flüsterte, damit nur ich ihn hören sollte:

»Bou-co-lon (brutal skandierte er die drei Silben meines Namens), *an ké tchouyé-w!*«*

Dann kam er mit noch erschreckenderer Miene auf mich zu, als wollte er seinen Worten Taten folgen lassen. Ich rannte los, so schnell mich meine Beine trugen, um mich an der Spitze des kleinen Zugs in Sicherheit zu bringen. Am folgenden Morgen bekam ich ihn nicht zu Gesicht. Aber ach, um vier Uhr nachmittags erkannte ich ihn mit angstbebendem Herzen an einer Straßenecke. Am Schlimmsten war, dass er ganz wie ein gewöhnliches Kind aussah. Weder schmutziger noch unordentlicher als jedes andere. Kurzärmliges Hemd und Khakishorts, an den Füßen Sandalen. Ich hielt, bis wir zu Hause waren, die Hand von Thérèse umklammert, die nicht schlecht staunte. Einige Tage lang sah ich ihn nicht wieder und redete mir schon ein, schlecht geträumt zu haben. Dann tauchte er wieder auf, als ich gedankenlos auf einem Bein hüpfte und eine Geschichte vor mich hinmurmelte. Dieses Mal gab er

* Ich bring dich um!

sich nicht damit zufrieden, mich zu bedrohen. Er versetzte mir einen heftigen Stoß in die Seite, der mich zu Boden schleuderte. Als mein lautes Geschrei Thérèse zu mir zurückholte, war er schon auf und davon. Sie behauptete, dass ich log, denn ich log ja dauernd, wie es zu Hause immer hieß. So ging es, wie mir schien, wochenlang. Der Junge zeigte sich morgens selten und auch nachmittags nicht regelmäßig. Sobald ich überzeugt war, dass ich ihn nie mehr wiedersehen würde, tauchte er noch erschreckender auf. Meistens konnte er mich nicht berühren. Darum begnügte er sich damit, mir von weitem mit äußerst obszönen Gesten die fürchterlichsten Grimassen zu schneiden. Schließlich weinte ich, sobald ich mich nach draußen wagen musste, und klammerte mich auf dem langen Schulweg verzweifelt an Thérèses Röcke. Besorgt über meine anhaltenden Wahnvorstellungen wollte meine Mutter mich schon zu Doktor Mélas bringen, als schließlich Adélaïde Rama ein Junge auffiel, der am Ende der Unterrichtszeit häufig um die Schule herumschlich. Als sie sich ihm nähern wollte, war er weggerannt, als habe er ein schlechtes Gewissen. Ihre Beschreibung stimmte mit meiner überein. Er sah nicht wie ein Nichtsnutz oder Strolch aus. Vielleicht ein Waisenkind. Man glaubte mir. Von da an gab mir mein Vater persönlich Geleitschutz auf dem Schulweg. Seine Hand umschloss mein Handgelenk so fest wie die Handschelle eines Gendarmen. Er ging so schnell, dass ich laufen musste, um mit ihm Schritt zu halten. Mit seinen Riesenschritten überquerte er die Straßen, ohne auf die Autos zu achten, die hupten, um ihn zu warnen. Das Ziel wurde aber erreicht: Der Junge bekam Angst. Er verschwand. Auf immer.

Ein jeder suchte das Rätsel zu erklären. Wer war mein Angreifer? Was wollte er wirklich von mir? Meine Eltern gaben mir ihre Lösung. Die Welt sei in zwei Klassen geteilt: die Klasse gut gekleideter Kinder mit guten Schuhen, die zur Schule gehen, um zu lernen und etwas zu werden. Und die andere Klasse, die der Schurken und Neider, die ihnen nur zu schaden sucht. Die erste Klasse darf folglich niemals beim Gehen bummeln, muss jeden Augenblick auf der Hut sein.

Sandrinos Erklärung fand bei mir viel mehr Anklang. Sie war überzeugender, weil romanhafter. Wie er sagte, hatte er Madonne mehrmals in tiefe Trauer gekleidet durch unser Viertel gehen sehen, denn ihre Tochter war im Krankenhaus Saint-Jules gestorben. Ihr Sohn, entrüstet über das Unglück seiner Mutter und die Ungerechtigkeit, die unsere Familie an ihr begangen hatte, war zu dem Entschluss gekommen, sie zu rächen. Er hatte sich – vielleicht aus Feigheit – an mich als das verletzlichste Familienglied herangemacht.

»Die Väter«, schloss Sandrino ernsthaft, »haben saure Trauben gegessen, und den Kindern werden die Zähne stumpf.«

YVELISE

Meine beste Freundin, die ich seit dem ersten Jahr an der Dubouchage-Schule kannte, hieß Yvelise. Liebenswürdig und lustig wie eine Libelle, mit einem so ausgeglichenen Charakter, wie meiner sprunghaft war, sagte meine Umgebung. Ich beneidete sie um ihren Vornamen, der aus denen ihres Vaters Yves und ihrer Mutter Lise zusammengesetzt war. Meinen mochte ich nämlich nicht besonders. Meine Eltern konnten mir noch so häufig sagen, dass zwei tapfere Pilotinnen, die kurz vor meiner Geburt irgendeinen Luftangriff geflogen hatten, so hießen, das beeindruckte mich überhaupt nicht. Wenn Yvelise und ich untergehakt über die Place de la Victoire gingen, wurden wir von Leuten, die über die Familienverhältnisse in La Pointe nicht gut unterrichtet waren, gefragt, ob wir Zwillinge seien. Zwar ähnelten wir uns nicht, hatten aber die gleiche nicht zu schwarze und auch nicht rote Hautfarbe, waren gleich groß, gleich mickrig mit knochigen Beinen und dicken Knien und trugen oft ähnliche Kleider.

Obwohl Lise etwa zehn Jahre jünger als meine Mutter war, gehörte sie zu ihren besten Freundinnen. Sie hatten den gleichen beneidenswerten Status in der Gesellschaft, da beide Grundschullehrerinnen und mit wohlhabenden Männern verheiratet waren. Doch während sich meine Mutter auf einen verlässlichen Partner stützen konnte, war Yves ein ausgemachter Schürzenjäger. Lise hatte nie eine Dienerin oder gute Freundin, außer meiner Mutter, behalten können. Yves hatte jeder kleinen Verwandten vom Land, die man ihnen zur Erziehung anvertraut hatte, einen Bauch beschert. Wenn Lise und meine Mutter beisammen waren, verbrachte meine Mutter die Zeit damit, sich eine ergreifende Erzählung ehelichen Unglücks anzuhören und Ratschläge zu erteilen. Sie hielt damit nicht hinter dem Berg und riet zur Scheidung mit kräftigen Unterhaltszahlungen. Lise wollte davon nichts wissen, weil sie ihren schönen Gatten liebte, wenn er auch ein Luftikus war.

Mein Glück war vollkommen, als Yvelise Les Abymes verließ und in unsere Rue Alexandre-Isaac zog. In ein benachbartes und fast ebenso schönes Haus. Zwei weiß und blau gestrichene Etagen. Bougainvilleen in Töpfen auf dem Balkon. Elektrizität und fließend Wasser. Unter dem Vorwand, ihr bei ihren Schulaufgaben und Lektionen zu helfen, steckte ich ständig bei ihr. Am liebsten hätte ich dort gewohnt. Ihre Mutter, durch ihr Liebesleid in Anspruch genommen, war nicht ständig hinter uns her. Ihr Vater zeigte sich bei den seltenen Gelegenheiten, bei denen er zu Hause war, als vergnügter Kerl, der lachte und scherzte. Er war gewiss nicht schulmeisterlich wie mein Vater. Und vor allem ließen ihre drei Brüder bei jeder Gelegenheit ihre Shorts herunter und zeigten mir ihren Pillermann. Manchmal ließen sie mich ihn sogar anfassen.

Morgens trabten wir unter der Obhut ihrer Brüder, die mit der Pirsch nach Mädchen zu beschäftigt waren, um uns zu überwachen, im gleichen Trott zum Petit Lycée, unserer neuen Schule. Ich erinnere mich an das Glück dieser Spaziergänge in einer Stadt, die nur uns Kindern zu gehören schien. Die Sonne schäumte wie ein *clairin**. Die Segelschiffe aus Marie-Galante drängten sich im Hafenbecken. Die Händlerinnen, die sich direkt am Boden auf ihren üppigen Gesäßen ausgebreitet hatten, boten Topinambur und *dannikites*** feil. Man verkaufte Zuckersaft in Aluminiumbechern. Das Petit Lycée hatte eben erst in der Rue Gambetta geöffnet, und unsere Eltern hatten sich aus purer Eitelkeit nach einem Platz für uns gedrängt. Dort gefiel es mir nicht. Erstens hatte ich mein Prestige als Kind-einer-der-Lehrerinnen verloren. Zudem war man dort auch beengt. Es handelte sich um ein ehemaliges Bürgerhaus, ähnlich dem, in dem wir wohnten. Die Badezimmer und Küchen waren zu Klassenzimmern umgebaut worden. In dem winzigen Pausenhof, in dem wir unsere gewohnte Unordnung nicht herstellen konnten, spielten wir artig Himmel und Hölle.

Alles in der Schule trennte mich von Yvelise.

Wir waren zwar in derselben Klasse. Auch saßen wir nebeneinander in unseren oft gleichen Kleidern. Doch während ich ohne Anstrengung weiterhin überall die Erste war, war Yvelise mit Abstand die Letzte. Wären ihre Eltern nicht diejenigen gewesen, die sie waren, hätte sie niemals die Schwelle des Petit Lycée übertreten. Yvelise las nicht, sie buchstabierte mühsam. Sie überlegte lange, um herauszufinden, was auf geheimnisvolle Weise 2 und 2 ergibt. Ihre Diktate enthielten fünfzig Fehler. Sie war nicht in der Lage, eine Fabel von La Fontaine zu behalten. Rief die Lehrerin sie an die Tafel, so wand sich Yvelise vor Verzweiflung und

* Klarer Zuckerrohrschnaps.

** Hefegebäck, das zum Frühstück gegessen wird.

zappelte so sehr, dass die Klasse vor Lachen brüllte. Nur in Solfeggio und Musik war sie hervorragend, denn der liebe Gott hatte ihr eine Nachtigallenstimme verliehen. Die Klavierlehrerin ließ sie die Barkarole aus *Hoffmanns Erzählungen* Solo singen. Dass Yvelise eine schlechte Schülerin war, beeinträchtigte unsere Beziehungen nicht im Geringsten. Es weckte vielmehr meinen Schutzinstinkt. Ich war ihr Ritter ohne Furcht und Tadel. Wer sich über sie lustig machen wollte, musste sich zunächst mit mir anlegen.

Ich war nicht die Einzige im Petit Lycée, die Yvelise gern hatte. Mme. Ernouville, unsere Lehrerin, vergötterte sie wegen ihres liebenswürdigen Wesens. War ich ihr rotes Tuch wegen meiner Disziplinlosigkeit und insbesondere wegen meiner von Sandrino abgeschauten Art, alle zu verspotten, selbst Personen, die, wie sie sagte, mehr aufzuweisen hatten, war Yvelise ihr kleines Schätzchen. Mehrmals hatte sie die Schulleiterin, eine Freundin von Lise, aufgefordert, Letztere vor dem schlechten Umgang zu warnen, den ich darstellte. Ich hatte auch keine besondere Vorliebe für diese Lehrerin. Sie war klein gewachsen und feist. Hellhäutig wie ein Albino. Sie hatte einen nasalen und zugleich gutturalen Akzent, verwandelte das R in ein W, sprach das O grundsätzlich offen aus und setzte immer ein J vor die Vokale. Bei Diktaten sagte sie »Semikollon«. Sie war das Gegenstück meiner Mutter und vielleicht bereits meines Frauenbilds.

Ich hielt meine Freundschaft mit Yvelise für ewig, felsenfest gegründet auf ein unerschütterliches Fundament. Und doch hätte Mme. Ernouville ihr aus Bosheit und geistiger Perversion beinahe ein Ende bereitet.

Im Dezember stellte sie uns, da sie sich zum Jahresende weniger denn je durch Eifer oder Einfallsreichtum hervortat, folgendes reichlich unoriginelle Aufsatzthema: »Beschreibt eure beste Freundin.«

Diese Aufgabe ödete mich an. Ich schluderte sie hin, und als ich mein Französischheft abgegeben hatte, dachte ich nicht mehr daran. Einige Tage darauf begann Mme. Ernouville die Rückgabe der Korrekturen mit folgendem Urteilsspruch:

»Maryse, wegen all der Bosheiten, die du über Yvelise geschrieben hast, acht Stunden Nachsitzen.«

Bosheiten? Daraufhin begann sie mit ihrer kehligen Stimme aus meinem Aufsatz vorzulesen: »Yvelise ist nicht hübsch. Sie ist auch nicht intelligent.« Die Schülerinnen prusteten vor Lachen und sahen Yvelise von der Seite an, die, verletzt durch diese brutale Offenheit, eine jämmerliche Figur abgab. Mme. Ernouville las weiter. Ich hatte anschließend ebenso ungeschickt versucht, das Mysterium der Freundschaft zwischen der Versagerin und der Hochbegabten zu erklären. Es wäre bei ein bisschen Gekicher seitens der Schülerinnen und ein bisschen Schmollen von Seiten Yvelises, die zu gutmütig war, um lange beleidigt zu sein, geblieben, wenn Mme. Ernouville nicht den Entschluss gefasst hätte, der Schulleiterin Meldung von dem zu machen, was sie meine Boshaftigkeit nannte. Diese hatte entrüstet Yvelises Mutter informiert, welche wiederum meiner Mutter heftig vorwarf, wie sie mich erzog. Ich hatte ihre Tochter eine zurückgebliebene, hässliche Person genannt. Was bildete ich mir eigentlich ein? Ich war ein würdiger Abkömmling einer Familie, in der man zu hoch hinauswollte, einer Familie von Leuten, die sich für etwas hielten, was sie nicht waren. Meine Mutter war erbost über diese Worte. Mein Vater ebenfalls. Nun war Yvelises Vater an der Reihe, sich aufzuregen. Kurzum, die Erwachsenen stiegen in den Tanz ein und vergaßen den kindlichen Anlass für diesen Streit. Die Folge war, dass meine Mutter mir verbot, Yvelises Haus zu betreten.

Ich musste gehorchen, und das brachte mich um. Kinder empfinden Freundschaft so heftig wie Liebe. Getrennt von Yvelise fühlte ich einen andauernden bohrenden Schmerz, wie Zahnweh. Ich konnte nicht mehr schlafen. Ich hatte keinen Appetit mehr, und meine Kleider schlotterten um mich. Nichts lenkte mich ab: weder meine neuesten Spielzeuge von Weihnachten, noch Sandrinos Faxen, nicht einmal die Matineen im *La Renaissance.* Ich, die sonst fürs Kino schwärmte, achtete nicht mehr auf die Filme mit Shirley Temple. In Gedanken schrieb ich tausend Briefe an Yvelise, in denen ich mich zu erklären und zu entschuldigen suchte. Jedoch, wofür mich entschuldigen? Was warf man mir vor? Die Wahrheit gesagt zu haben? Es stimmte doch, dass Yvelise durchaus keine Schönheit war. Ihre eigene Mutter erinnerte sie beim geringsten Anlass seufzend daran. Es stimmte, dass sie in der Schule nichts zustande bekam. Alle wussten es. Die Weihnachtsferien dauerten eine Ewigkeit. Endlich öffnete das Petit Lycée wieder seine Tore. Im Pausenhof begegneten Yvelise und ich uns wieder. Sofort sah ich an ihrem freudlosen Blick, mit dem sie mich schüchtern streifte, an ihrem Mund ohne ein Lächeln, dass sie ebenso sehr gelitten hatte wie ich. Ich ging zu ihr, reichte ihr mein Stück Schokolade und murmelte mit flehender Stimme:

»Willst du die Hälfte?«

Sie nickte und reichte mir die verzeihende Hand. Im Klassenzimmer nahmen wir unsere gewohnten Plätze ein, und Mme. Ernouville wagte nicht, uns auseinander zu setzen.

Bis heute hat meine Freundschaft mit Yvelise, nachdem sie in den Teenagerjahren in den Hintergrund getreten war, noch anderen Dramen standgehalten.

GESCHICHTSLEKTION

Nach dem Abendessen, das Adélia um Schlag sieben Uhr auftrug, machten mein Vater und meine Mutter oft Arm in Arm einen Spaziergang in der Abendfrische. Sie gingen in unserer Straße bis zu dem prächtigen Haus mit Hof und Garten der Familie Lévêque, weißen Kreolen, Vater, Mutter, fünf Kinder und eine unverheiratete Tante mit Mantille, die im Hochamt zu sehen waren, die übrige Zeit aber hinter zugezogenen Vorhängen und verschlossenen Türen zu leben schienen. Danach bogen meine Eltern nach links ab und warfen im Vorbeigehen einen verächtlichen Blick auf die Plakate der ersten amerikanischen Technicolor-Filme des Kinos und Theaters *La Renaissance.* Sie hassten Amerika, ohne je dort gewesen zu sein, weil man dort englisch sprach und es nicht Frankreich war. Sie umrundeten das Hafenbecken, atmeten die Meeresbrise ein, rückten vor bis zum Quai Ferdinand-de-Leseps, wo stets ein Geruch nach gesalzenem Stockfisch in den tief herabhängenden Zweigen der Seemandelbäume hing, kehrten zur Place de la Victoire zurück und setzten sich, nachdem sie die Allée des Veuves dreimal hinauf und hinunter gegangen waren, auf eine Bank. Dort verweilten sie bis neun Uhr dreißig. Dann erhoben sie sich gemeinsam und kehrten auf demselben gewundenen Weg nach Hause zurück.

Immer schleppten sie mich mit. Weil meine Mutter besonders stolz darauf war, in ihrem mehr als reifen Alter ein so junges Kind zu haben, und auch niemals zur Ruhe kam, wenn ich nicht in ihrer Nähe war. Mir gefielen diese Spaziergänge überhaupt nicht. Ich wäre lieber mit meinen Geschwistern zu Hause geblieben. Sobald meine Eltern ihnen den Rücken gekehrt hatten, begannen sie, Rabatz zu machen. Meine Brüder plauderten mit ihren Mädchen im Hauseingang. Sie legten Biguine*-Platten auf und erzählten sich auf Kreolisch alle möglichen Witze. Unter dem Vorwand, dass eine gut erzogene Person nicht auf der Straße isst, kauften meine Eltern mir auf diesen Ausflügen weder geröstete Pistazien noch *sukakoko***. Mir blieb nichts anderes übrig, als mich begierig vor den Händlerinnen aufzustellen, in der Hoffnung, dass sie trotz meiner Kleidung aus Paris Mitleid mit mir haben würden. Manchmal gelang die List und eine unter ihnen, deren Gesicht von ihrer Öllampe zur Hälfte beleuchtet wurde, reichte mir eine Handvoll:

»Da, für dich, *pitit à manman!****«

Außerdem kümmerten sich meine Eltern kaum um mich und redeten miteinander. Über Sandrino, dem man wieder einmal mit Verweis vom Gymnasium gedroht hatte, über eine meiner Schwestern, die in der Schule nicht lernte. Über finanzielle Investitionen, denn mein Vater war ein ausgezeichneter Verwalter. Auch und besonders über die Bosheit der Leute von La Pointe, die nicht fassen konnten, dass es Schwarzen gelang, im Leben so erfolgreich zu sein, wie sie es waren. Wegen dieser Paranoia meiner Eltern habe ich meine Kindheit in Angst verlebt. Ich hätte alles dafür

* Der Rumba ähnlicher Tanz.

** Süßigkeit aus geraspelter Kokosnuss.

*** Mein Herzchen.

gegeben, gewöhnlicher, unbekannter Leute Kind zu sein. Mir schienen meine Familienmitglieder bedroht, ausgesetzt dem Krater eines Vulkans, dessen feurige Lava sie jeden Moment zu verbrennen drohte. Ich bemäntelte dieses Gefühl mehr schlecht als recht durch viele Lügenmärchen und eine ständige Geschäftigkeit, jedoch zermürbte es mich.

Meine Eltern setzten sich immer auf dieselbe Bank gegenüber dem Musikpavillon. Wenn Unerwünschte darauf saßen, baute meine Mutter sich vor ihnen auf, schlug mit dem Fuß den Takt und setzte eine so ungeduldige Miene auf, dass sie bald Reißaus nahmen. Ich amüsierte mich allein, so gut ich konnte. Ich hüpfte auf einem Bein in den Alleen. Ich kickte Steine. Ich breitete die Arme aus und wurde zum Flugzeug, das in die Lüfte aufsteigt. Ich stellte Fragen an die Sterne und die Mondsichel. Ich erzählte mir mit lauter Stimme und wilden Gesten Geschichten. Eines Abends tauchte bei meinen einsamen Spielen ein kleines Mädchen aus der Dunkelheit auf. Geschmacklos gekleidet, die blonden Haare zu einem langweiligen Pferdeschwanz gebunden. Sie sprach mich schroff auf Kreolisch an:

»*Ki non a-w ?*«*

Ich fragte mich insgeheim, für wen sie mich hielt. Für das Kind von x-beliebigen Leuten? In der Hoffnung, damit einen gewissen Effekt zu erzielen, nannte ich mit Nachdruck meine Personalien. Sie wirkte unbeeindruckt, denn offensichtlich hörte sie meinen Familiennamen zum ersten Mal. In ebenso autoritärem Ton fuhr sie, immer noch auf Kreolisch, fort:

* Wie heißt du?

»Ich bin Anne-Marie de Surville. Los, spielen wir! Aber Vorsicht, meine Mama darf mich mit dir nicht sehen, sonst schlägt sie mich.«

Ich folgte ihrem Blick und sah von hinten einige weiße, reglos dasitzende Frauen, denen die Haare auf gleiche Art über die Schultern wehten. Die Art dieser Anne-Marie gefiel mir überhaupt nicht. Einen Moment lang war ich drauf und dran, kehrt zu machen und wieder zu meinen Eltern zurückzukehren. Gleichzeitig war ich zu froh, eine Spielgefährtin in meinem Alter zu finden, wenn sie mich auch wie ihre Dienerin herumkommandierte.

Sofort bestimmte Anne-Marie unsere Spiele, und den ganzen Abend lang unterwarf ich mich ihren Launen. Ich war die schlechte Schülerin, und sie zog mich an den Haaren. Sie hob mir auch das Kleid hoch, um mir eine Tracht Prügel zu verabreichen. Ich war das Pferd, und sie stieg auf meinen Rücken und misshandelte meine Rippen mit Fußtritten. Ich war die Dienerin, und sie ohrfeigte mich. Sie versetzte mir eine Ladung Schimpfwörter. Ich zitterte, als mir verbotene Ausdrücke wie *kouni à manman a-w** und *tonnè dso*** um die Ohren flogen. Schließlich traf mich eine letzte Ohrfeige so schmerzhaft, dass ich weglief und mich in die Arme meiner Mutter flüchtete. Vor Scham sagte ich nicht, warum. Ich schützte vor, gestürzt zu sein, und ließ meine Peinigerin ungestraft beim Musikpavillon herumspringen.

* Äußerst vulgäre Beschimpfung (der Ausdruck bezeichnet das Geschlechtsteil der Mutter).

** Zum Donnerwetter!

Am nächsten Tag wartete Anne-Marie an derselben Stelle auf mich. Über eine Woche war sie getreulich auf dem Posten, und ich nahm ohne zu protestieren ihre Misshandlungen hin. Nachdem sie mir beinahe ein Auge ausgeschlagen hatte, war ich ihre Brutalität leid und protestiert endlich:

»Ich lass mich nicht mehr von dir schlagen.«

Sie kicherte und versetzte mir einen tückischen Hieb in die Magengrube:

»Ich muss dich schlagen, weil du eine Negerin bist.«

Ich brachte die Kraft auf, mich von ihr zu entfernen.

Umsonst grübelte ich auf dem Rückweg über ihre Antwort nach, ich konnte mir keinen Reim darauf machen und keinen Sinn darin finden. Als wir zu Bett gingen, fragte ich meine Mutter, nachdem wir zu den verschiedenen Schutzengeln und sämtlichen Heiligen des Paradieses gebetet hatten:

»Warum muss man Neger schlagen?«

Meine Mutter schien entrüstet zu sein und rief:

»Wie kann ein so intelligentes kleines Mädchen wie du solche Fragen stellen?«

Sie machte schnell ein Kreuzzeichen auf meine Stirn, stand auf, verließ mein Zimmer und löschte dabei das Licht. Am nächsten Morgen bohrte ich, während sie mir die Haare frisierte, weiter. Ich hatte das Gefühl, dass die Antwort den Schlüssel zu dem oft mysteriösen Gebäude meiner Welt liefern würde. Die Wahrheit würde dem Tonkrug entschlüpfen, in dem man sie eingeschlossen hielt. Da ich insistierte, versetzte mir meine Mutter einen kleinen Schlag mit der Rückseite des Kamms:

»Hör endlich auf, Unsinn zu erzählen. Siehst du jemand, der deinen Vater oder mich schlägt?«

Die Vorstellung war unwahrscheinlich. Meine Mutter verriet jedoch durch ihre Gereiztheit, dass sie verlegen war. Sie verbarg mir etwas. Mittags schlich ich in der Küche um Adélias Röcke herum. Leider Gottes misslang ihr gerade eine Sauce. Sobald sie mich wahrnahm, fing sie an zu schreien, noch bevor ich den Mund öffnete:

»Raus hier, sonst rufe ich deine Mama.«

Mir blieb nichts übrig, als zu gehorchen. Nach kurzem Zögern ging ich nach oben, um an die Bürotür meines Vaters zu klopfen. Während ich mich von der warmen und pedantischen Zuneigung meiner Mutter ständig eingehüllt fühlte, wusste ich, dass sich mein Vater kaum für mich interessierte. Ich war eben kein Junge. Ich war schließlich sein zehntes Kind, denn er hatte noch zwei Söhne aus einer ersten Ehe. Mein Geheule, meine Launen, meine Unordnung gingen ihm auf die Nerven. Ich stellte ihm meine leitmotivische Frage:

»Warum muss man Neger schlagen?«

Er schaute mich an und antwortete mir zerstreut:

»Was erzählst du da? Früher hat man uns geschlagen. Jetzt geh zu deiner Mama, sei so gut.«

Von nun an schluckte ich meine Fragen hinunter. Auch Sandrino fragte ich nichts, weil ich Angst vor seiner Erklärung hatte. Ich ahnte, dass in der Tiefe meiner Vergangenheit ein Geheimnis, ein schmerzhaftes, beschämendes Geheimnis, verborgen war, das herauszufordern unangemessen und vielleicht gefährlich war. Besser vergrub ich es im entferntesten Winkel meines Gedächtnisses, wie es mein Vater und meine Mutter, wie es anscheinend alle Leute getan hatten, mit denen wir verkehrten.

An den folgenden Tagen kehrte ich mit meinen Eltern zur Place de la Victoire zurück, fest entschlossen, mich zu weigern, mit Anne-Marie zu spielen. Aber umsonst suchte ich überall nach ihr, lief die Alleen entlang, irrte nach rechts und links, sie war nicht zu sehen. Ich lief bis zu der Bank, auf der ihre Mutter und ihre Tanten gesessen hatten. Sie war leer. Ich habe sie nie mehr wiedergesehen. Weder sie. Noch die Frauen aus ihrer Familie.

Heute frage ich mich, ob diese Begegnung nicht übernatürlich war. Weil so viele alte Hassgefühle, alte, niemals getilgte Ängste in der Erde unserer Länder vergraben bleiben, frage ich mich, ob Anne-Marie und ich während unserer angeblichen Spiele nicht Miniaturverkörperungen einer Herrin und ihrer Prügelsklavin gewesen sind.

Wie sonst sollte man erklären, dass ich bei all meiner sonstigen Aufsässigkeit so fügsam gewesen war?

MABO JULIE

Bevor ich Mabo Julie verlor, war ich niemals dem Tod begegnet. Meine Mutter war Einzelkind. Mein Vater ebenfalls. Denn sein eigener Vater, ein Hochseematrose, hatte seine Frau sofort verlassen, nachdem er ihr ein Kind in den Bauch gepflanzt hatte. Alle, die im Schoß einer weitläufigen Sippe aufwachsen, in der man die Halbbrüder, Halbschwestern, Onkel, Tanten, Cousins und Cousinen, leiblichen und angeheirateten Verwandten nicht zu zählen vermag, werden früher oder später mit der schrecklichen Grimasse des Todes konfrontiert. Für mich galt das nicht.

Hatte der Tod deshalb begonnen, eine nie nachlassende Faszination auf mich auszuüben? Jedes Mal, wenn ein Leichenzug durch die Vorstadt Alexandre-Isaac kam, eilte ich zum Balkon, um die Prozession zu betrachten, die sich langsam zur Kathedrale bewegte. Den Beerdigungen von Armen, die nur ein paar Getreue ohne Blumen oder Kränze zu ihrer letzten Ruhestätte begleiteten, konnte ich nichts abgewinnen. Ich sah nur gern Beerdigungen, die den Reichtum derer zur Schau stellten, die in Zukunft nichts mehr besitzen. Vorneweg der Schwarm der Ministranten in ihren geflügelten Chorhemden und in ihrer Mitte der Priester, der das Kreuz trug. Dahinter der mit silbrigem Lametta aufgeputzte Leichenwagen. In der schwarz gekleideten Menge hatte ich nur Augen für die ersten Reihen mit den Angehörigen: den unter den Falten ihres Trauerflors unsichtbaren Witwen, den Männern mit den schweren aufgenähten Trauerbinden am Ärmel, den Kindern, die mechanisch wie kleine Automaten marschierten. Wenn ich darüber nachdenke, war es, als hätte ich vorausgeahnt, dass ich bei der Beerdigung derer, die mir die Liebsten waren, nicht anwesend sein würde. Als versuchte ich mir vorzustellen, welchen Kummer ich empfinden würde. Manchmal gehörten damals auch Musiker zum Leichenzug. Die einen bliesen in Saxophone. Die anderen schlugen auf Becken. Und ihre Akkorde waren der Vorgeschmack auf die mir lieb gewordenen Requiems von heute. Als Mabo Julie an einer Rippenfellentzündung mit Lungenkomplikationen erkrankte, bekam meine Mutter Angst vor der Ansteckung. So besuchte ich sie nicht und sah sie erst auf ihrem Totenlager wieder.

Mabo Julie war das Kindermädchen, das mich in seinen Armen getragen und auf der Place de la Victoire spazieren geführt hatte, damit alle, die Augen dafür hatten, meine Blusen aus Seide, Tüll oder Spitzen bewundern konnten. Sie hatte mir geholfen, als ich gehen lernte, hatte mich jedes Mal, wenn ich hinfiel, wieder aufgehoben und getröstet. Als sie für mich nicht mehr benötigt wurde, behielt meine Mutter sie in unseren Diensten – sie war mittellos –, und so wurde sie unsere Wäscherin. Jeden Mittwoch kam sie zu uns, auf dem Kopf einen Korb voller Wäsche von blitzender, duftender Sauberkeit. Mein Vater, der doch bei den glänzenden Kragen seiner Hemden so heikel war, fand nichts zu beanstanden. Mabo Julie war eine alte Mulattin mit sehr weißer Haut, hellen Augen und Wangen, faltig wie eine Passionsfrucht, die einem vor drei Tagen vor den Fuß gefallen war. Ich glaube, dass sie aus Terre-de-Haut, einer der Saintes-Inseln, stammte. Ich habe niemals einen Ehemann oder ein Kind in ihrer Umgebung gesehen, und vielleicht hing sie deshalb von unserer Familie ab. Ich hatte sie so lieb wie meine eigene Mutter, die, wie ich weiß, eifersüchtig auf sie war. Sehr zu Unrecht. Meine Gefühle für die eine und für die andere waren grundverschieden. Meine Mutter erwartete zu viel von mir. Ich wurde dauernd angehalten, mich überall und in allem als Beste zu erweisen. Ich lebte so in der Angst, sie zu enttäuschen, in ständiger Furcht vor dem unbarmherzigen Urteil, das sie so oft über mich fällte:

»Du wirst in deinem Leben nichts Rechtes zustande bringen!«

Sie kritisierte immerzu. Fand mich für mein Alter zu groß gewachsen – ich überragte alle Kinder meiner Klasse –, zu mager – ich sah erbärmlich aus, nur Haut und Knochen –, meine Füße waren zu groß, mein Hinterteil zu flach, meine Beine zu krumm. Im Gegensatz dazu brauchte ich mich gar nicht anzustrengen, um in Mabo Julies Augen das schönste und begabteste kleine Mädchen auf Erden zu sein. Was ich sagte und was ich tat, stand gleichermaßen unter dem Siegel der Vollkommenheit. Jedes Mal, wenn ich sie sah, umarmte ich sie so heftig, dass ihr Kopftuch aufging und ihr weißseidenes Haar entblößte. Ich verschlang sie mit Küssen. Ich räkelte mich auf ihrem Schoß. Sie öffnete mir vollkommen ihr Herz und ihren Körper. In den Jahren vor ihrem Tod kümmerte sie sich nicht mehr um unsere Wäsche, da sie ständig mit Ruhr, Bronchitis und Fieber daniederlag, und fehlte mir wie ein Balsam für eine Wunde.

Nie werde ich den Abend vergessen, an dem mir meine Mutter ziemlich unumwunden mitteilte, dass Mabo Julie einen Rückfall erlitten hatte und nicht mehr am Leben war. Zunächst hatte ich nicht das Gefühl, Trauer zu empfinden. Ich hatte den seltsamen Eindruck, dass der Mond sich zwischen Erde und Sonne schob und der Schatten um mich dichter wurde. Ich tappte im Dunkel wie eine Blinde. Ich hörte meine Mutter meinen Vater nach seiner Meinung fragen. Durfte ich in meinem Alter einer Totenwache beiwohnen? Durfte ich eine Tote sehen? Sie berieten sich endlos. Alle beide waren der Ansicht, dass man mich abhärten müsse. Ich stellte mich zu sehr an. Immer am Heulen, wegen jeder Kleinigkeit. Inzwischen erwachte meine Trauer, stieg höher und höher. Ich war darauf gefasst, dass sie mächtiger als ein Geysir emporschießen würde. Schließlich beschloss meine Mutter, mich mitzunehmen. Wir waren bereits im Aufbruch, als mir Sandrino, schalkhaft, wie es seine Art war, ins Ohr flüsterte:

»Vorsicht! Wenn du dich nicht wie eine Große verhältst, kommt sie und kitzelt dich an den Füßen.«

Mabo Julie wohnte nicht weit entfernt im Viertel Carénage, das ich nicht kannte. Einem alten Fischerviertel, das sich um die noch in Betrieb befindliche Fabrik Darboussier drängte. Obwohl es schon spätabends war, wimmelte die von niedrigen Häusern gesäumte Straße von Menschen. Kinder liefen hin und her. Händlerinnen boten alle Arten von *douslets**, *sukakoko* und Süßkartoffelkuchen an. Männer, die in Unterhemden vor ihren Haustüren saßen, klapperten

* Schnitten aus Kokosmilch und gestockter gesüßter Kondensmilch.

mit ihren Würfeln oder Dominosteinen und johlten dabei:

»An tchyou a-w!« *

Andere tranken dicht gedrängt in den Schankwirtschaften. Mir kam diese Betriebsamkeit nicht erschreckend, sondern schockierend vor. Als wäre Mabo Julies Tod belanglos für die Leute. Als wir uns dem Totenhaus mit den schwarz verhangenen Eingängen näherten, hörten wir Stimmengewirr. Mabo Julies Haus war klein. Ein einziger, durch einen Vorhang zweigeteilter Raum. In der Hälfte, die als Schlafzimmer diente, war es wegen der vielen Kerzen so hell wie mitten am Tag. Es war auch sehr heiß. Beim Anblick meiner Mutter machten die Nachbarn und Nachbarinnen Platz, die mir das mit Blumen bestreute Lager verborgen hatten. Mabo Julie erschien mir in ihrem schönsten Matadorkleid**, die Haare rechts und links von ihrem schwarzen Kopftuch zu zwei schwellenden Knoten an den Schläfen gebunden. Ich erkannte sie nicht wieder. Sie war größer. Vierschrötig. Eine andere Person hatte ihren Platz eingenommen. Ich fand ihr Lächeln nicht wieder. Sie sah plötzlich feindlich und bedrohlich aus. Meine Mutter befahl mir:

»Küss sie!«

Sie küssen?

Ich wollte zurückweichen. Im selben Moment fiel mir Sandrinos Warnung ein. Ich zwang mich zu gehorchen. Ich drückte meinen Mund auf die Wange,

* Volltreffer!

** Ensemble aus einem Oberteil und einem an der Taille gefältelten Rock, unter dem ein gestärkter weißer Unterrock getragen wird.

die ich so viele Male geküsst hatte, und stellte erstaunt fest, dass sie nicht weich und lauwarm, wie ich sie kannte, sondern starr und kalt war. Kalt. Von einer Kälte, die für mich mit nichts zu vergleichen war. Nicht einmal mit der von Eis. Eher mit der eines Steins. Eines Grabsteins. Ich hatte ein verwirrendes Gefühl: Kummer, Angst und Scham darüber, mich vor der zu fürchten, die ich lieb gehabt hatte und die mir plötzlich fremd geworden war. Ich bekam einen Schluckauf und fing an zu weinen. Meiner Mutter gefiel das gar nicht. Sie hätte gewollt, dass ich wie ein Königskind in der Öffentlichkeit keine Emotionen zeigte. Ärgerlich schüttelte sie mich:

»Jetzt benimm dich mal!«

Ich schniefte. Wir blieben eine oder zwei Stunden in der Nähe des Leichnams. Meine Mutter betete mit dem Rosenkranz in der Hand. Ich roch unter dem Blumenduft den Aasgeruch. Endlich kehrten wir wieder nach Hause zurück.

In derselben Nacht setzten meine Albträume ein. Kaum hatte meine Mutter meine Zimmertür geschlossen, kam Mabo Julie herein. Nicht etwa die, die ich zu ihren Lebzeiten geliebt hatte, sondern die andere, unbekannte. Manchmal legte sie sich neben mich ins Bett. Man ließ mich bei Thérèse schlafen, die dieser ganze Zirkus zur Verzweiflung brachte:

»Du spielst dich immer als Erwachsene auf, dabei bist du eigentlich nur eine Memme.«

Ich frage mich, wie das alles ausgegangen wäre, wenn meine Mutter mich nicht eines Abends auf den Schoß genommen und liebkost hätte, wie sie es so gut konnte, und ich mich endlich ausweinte.

»Wie sollte jemand, der dich so liebgehabt hat, dir Böses tun? Sie ist jetzt so etwas wie dein Schutzengel!«

Ihr war wohl eingefallen, dass ich erst neun Jahre alt war.

THE BLUEST EYE

Die Rue Alexandre-Isaac, in der unser Haus stand, begann etwas oberhalb der Place de la Victoire, die La Pointe als Herz der Stadt seinen Rhythmus vorgab, und ging über in eine zwar dicht bewohnte, aber gepflegte Vorstadt. Nicht zu vergleichen mit dem Viertel am Vatable-Kanal, seinen Gräben voller Guppys und seinen Elendsquartieren. Es war eine respektable Straße, an ihr wohnten angesehene Bürger, manchmal auch Leute mit zwar bescheidenem Einkommen, immer aber mit perfekten Manieren. Meine Eltern waren einige Monate vor meiner Geburt dort eingezogen, als es wegen der Zahl ihrer Kinder, vor allem aber wegen ihres neuen Standings, nicht mehr angebracht war, weiter in der Rue Condé zu wohnen. Mein Vater war mit dem Orden der Ehrenlegion ausgezeichnet worden, warum, weiß ich nicht, und meine Mutter hatte voller Stolz Schmuckbänder an all seine Knopflöcher genäht. Sie hielt sich den Bauch vor Lachen, als sie von der Frage einer Neugierigen berichtete:

»Monsieur Boucolon, was ist das, dieser rote Faden auf ihrer Jacke?«

Die Häuser der Rue Alexandre-Isaac waren nach einem einheitlichen Muster aus Holz gebaut. Dennoch unterschieden sie sich in subtilem Nuancen: das mehr oder weniger kräftige Rot der Dachblechmennige, die Frische des letzten Farbanstrichs oder die Pracht der Blumen auf den Balkonen. Die Driscolls, eine Familie mit zwölf Kindern, bewohnten ein sehr großes, jedoch wenig gepflegtes Eckhaus mit geflicktem Dach und einem Balkon ohne Bougainvilleen oder Hibiskus. Wenn meine Eltern und sie sich begegneten, wünschten sie sich höflich guten Tag oder guten Abend. Sie besuchten sich jedoch nicht. Im Grunde ihres Herzens fühlten meine Eltern sich ihnen haushoch überlegen. M. und Mme. Driscoll waren obskure Beamte, die nichts hermachten und nicht einmal ein Auto besaßen. Es hieß auch, dass sie besondere Leute seien und nichts wie die anderen machten. Und zudem waren es Mulatten. Zu jener Zeit vermischte man sich in Guadeloupe nicht. Schwarze gesellten sich zu Schwarzen, Mulatten zu Mulatten, die weißen Kreolen blieben unter sich, und der liebe Gott in seinem Himmel war es zufrieden. Zum Glück kümmerten sich die Kinder nicht so sehr um solche Erwachsenendinge. Wir lebten mit den gleichaltrigen Driscolls in guter Nachbarschaft, wenn sie auch Mulatten waren, und Gilbert hätte mein erster Liebhaber sein können.

Er war ein kleiner, nicht sehr stämmiger Bub, lockig wie ein Araberjunge, mit schüchternem Verhalten, was ihn von seinen rauflustigen Brüdern unterschied.

Ich hatte noch nie gehört, wie seine Stimme klang, und stellte sie mir leicht schwebend wie die Flöte aus den Bergen vor. Wir waren uns beim Katechismusunterricht anlässlich österlicher Exerzitien unter etwa sechzig anderen Kindern aufgefallen. Seither bekundeten wir unsere Gefühle, indem wir uns stundenlang von unseren Balkonen mit anbetenden Blicken anstarrten. Am Donnerstag erregten wir morgens keine Aufmerksamkeit, weil sich unsere Familien auf den Balkonen drängten. Großmutter Driscoll streckte entweder ihre alten Knochen auf einer Klappliege aus oder schaukelte das Letztgeborene. Meine Schwestern stickten an Tischdecken und Servietten. Die Driscolljungen lernten ihre Lektionen. Aber am Nachmittag wurde es schwierig, zwischen den Topfpflanzen zurückzubleiben. Alle kehrten zur Siesta in die Häuser zurück und schlossen die Jalousien. Der kleine Markt an der Straßenecke machte dicht. Die kleinen Läden schlossen, und auf der Straße trödelte nur noch ein Verrückter, der wegen seines durch einen Leistenbruch aufgetriebenen Unterleibs den Spitznamen Banjo hatte. Meine Mutter, die sich in einer Baumwollbluse bereits unter ihrem Moskitonetz ausruhte, wurde ungeduldig:

»Komm endlich! Was machst du in der Sonne wie ein Wäschestück zur Bleiche?«

Ich rührte mich nicht. Gilbert hingegen setzte eine dunkle Brille auf, bedeckte sich den Kopf mit einem alten Strohhut oder suchte Schutz unter einem Sonnenschirm. Ich traute mich nicht, aus Furcht, Verdacht zu erregen, schwitzte stoisch weiter große Tropfen und ertrug die Hammerschläge auf den Kopf. Nachdem wir uns so monatelang der Gefahr eines Sonnenstichs ausgesetzt hatten, wurde Gilbert mutiger. Weniger misstrauisch als ich, die ich mich niemandem eröffnet hatte, zog er seinen besten Klassenkameraden Julius, einen von Yvelises Brüdern, ins Vertrauen. Erst kürzlich hatte ich Julius' Kiki ausgiebig bearbeitet und mich sehr gewundert, dass er unter meinen Fingern steif wurde. Wir hatten aber niemals eine Herzensbindung beabsichtigt. Es war Vergnügen, Körperübung. Eines Nachmittags steckte mir Julius an allen wachsamen Augen vorbei einen Briefumschlag zu. Er enthielt ein Foto, das mich wunderte. Auf den ersten Blick hielt man es für das Foto eines Hundes. Eines deutschen Schäferhundes, der riesengroß mit offenem Maul und hängender Zunge auf seinem Hinterteil saß. Dann entdeckte man in der linken Ecke Gilbert mit nacktem Oberkörper so klein, dass man ihn für einen Elefantenführer neben seinem Elefanten hätte halten können. Das Foto musste von vor zwei oder drei Jahren stammen, und er dürfte kaum mehr als sechs Jahre alt gewesen sein. Er lächelte ein zahnloses Lächeln mit Haaren vor den Augen. Auf der Rückseite des Fotos standen die magischen Worte geschrieben: »Ich liebe dich.« Ich versteckte meinen Schatz am einzigen Ort, den meine Mutter nicht regelmäßig inspizierte, in einem kleinen karibischen Korb, der meine Utensilien für die Messe enthielt. Dann zermarterte ich mein Hirn auf der Suche nach dem, was ich ihm im Gegenzug schenken konnte. In meiner Familie schätzte man nur Gruppenfotos: die acht Kinder zwischen Papa und Mama. Oder meine Brüder mit meinem Vater. Oder meine Schwestern und ich mit unserer Mutter in der Mitte. Es gab keinen Schnappschuss von mir allein. Nicht einmal mit einem Hund. Sollte ich ihm dann ein von mir besticktes Taschentuch schenken? Eine von mir bemalte Muschel? Einen selbstgeflochtenen Gürtel aus *carata**? Ich war unfähig, mit meinen zehn Fingern etwas zustande zu bringen. In Handarbeit sammelte ich Nullen. Schließlich entschied ich mich für eine Haarspange aus Schildpatt, mit der meine Mutter meine Frisur schmückte.

Gilbert ließ mir, nachdem seine Liebe offiziell erklärt und angenommen war, durch denselben Boten einen

* Bromelienfasern.

Brief zukommen. Auf den ersten Blick nichts zu beanstanden. Er war auf sehr hübschem blauen Papier verfasst. Keine Tintenkleckse. Mit festen Auf- und Abstrichen. Hätten sie in einem Übungsheft gestanden, hätte auch die strengste Lehrerin »ausgezeichnete Schrift« geurteilt. Ich begann zu lesen. Mein Herz schlug sehr heftig. Doch schon in den ersten Zeilen blieb es stehen: »Liebste Maryse, mit deinen blauen Augen bist du die Schönste für mich.«

Ich glaubte, mich verlesen zu haben. Blaue Augen? Ich? Ich eilte ins Bad und besah mich im Spiegel. Kein Zweifel: Meine Augen waren dunkelbraun. Fast schwarz. Nicht einmal schokoladenbraun. Ich ging in mein Zimmer zurück und setzte mich auf mein Bett. Ich war fassungslos. Es war, als hätte ich einen Brief gelesen, der an eine andere Person geschrieben worden war. Während des ganzen Abendessens war ich entgegen meiner Gewohnheit so verdrossen und still, dass alle besorgt waren:

»Mein Gott, hat dieses Kind womöglich einen Fieberanfall?«

Ich ging wieder hoch in mein Zimmer und las meinen Brief nochmals. Die Worte hatten sich nicht geändert:

»Liebste Maryse, mit deinen blauen Augen bist du die Schönste für mich.«

Ausnahmsweise wollte ich mich nicht Sandrino anvertrauen, der, wie ich wusste, schallend lachen und mir eine jener spitzfindigen Erklärungen liefern würde, die sein Geheimnis waren. Was war geschehen? Hatte mich Gilbert nicht richtig gesehen? Wollte er sich über mich lustig machen? Handelte es sich um ein bösartiges Spiel? Mein Zorn wuchs, quoll schließlich über. Als

Julius sich für die Antwort einstellte, übergab ich ihm ein emphathisches Wort, das ich im Lieblings-Delly* einer meiner Schwestern gefunden hatte: »Gilbert, zwischen uns ist alles aus.«

Ich machte mir gar nicht klar, dass ich denselben Fehler beging, der Gilbert zum Verhängnis geworden war: Ich schrieb ab. Ich kopierte schlechte Lektüren. Er hatte vermutlich Ratgeber gesucht, um sich auf das unbekannte Territorium der Liebeskorrespondenz zu wagen. Aber ach, unsere Ratgeber waren französische Groschenromane. An den folgenden Tagen zeigte ich mich nicht auf dem Balkon und verkroch mich im Inneren, aus Angst, ihn zu sehen. Er gab nicht gleich auf. Eines Nachmittags stieß ich auf dem Bürgersteig vor Yvelises Haus mit ihm zusammen. Er hatte sein Alter Ego zur Seite, um sich Mut zu machen. Ich war ihm noch niemals so nahe gekommen. Er hatte sich gekämmt und mit Eau de Cologne, Marke Jean-Marie-Farina, parfümiert. Mir fiel auf, dass er große, graue, melancholische Augen hatte. Er murmelte mit ersterbender Stimme:

»Was habe ich dir getan?«

Seine Stimme war aber nicht, wie ich sie erwartet hatte. Wie sie zu seinem grazilen Körper gepasst hätte. Es war eine tiefe Stimme. Fast die eines Erwachsenen. Die Erinnerung daran sollte mich noch verfolgen. Mir fiel keine Antwort ein. Ich eilte zu Yvelise und brach an ihrer Schulter in Tränen aus, als ich ihr die traurige Episode erzählte.

* Gemeinsames Pseudonym von Jeanne-Marie Petitjean de la Rosière und ihrem Bruder Frédéric, deren Trivialromane zwischen 1910 und 1980 äußerst populär waren.

VERLORENES PARADIES

Als ich neun oder zehn Jahre alt war, schrieb mich meine Mutter bei den »Jeannettes« ein, einem Pfadfinderinnen-Verband. Sie war zu Recht der Meinung, dass ich mich zu wenig bewegte. Zu schwach auf den Beinen. Im Turnen die Letzte. Tatsächlich leistete ich kaum mehr, als viermal täglich meinen Körper von zuhause zum Lycée Michelet zu schleppen und mich in der Abendkühle neben Yvelise auf eine Bank an der Place de la Victoire zu setzen und tütenweise geröstete Pistazien zu essen. Abgesehen davon verbrachte ich den Großteil meiner Zeit bei heruntergelassenen Jalousien, eingewickelt in meine Laken, in meinem Zimmer. Manchmal las ich, meistens träumte ich vor mich hin und entwickelte die unwahrscheinlichen Geschichten, mit denen ich die Köpfe derer füllte, die so geduldig waren, mir zuzuhören. Ich hatte mir regelrechte Fortsetzungsromane ausgedacht, in denen die Personen regelmäßig wiederkehrten und stets außergewöhnliche Abenteuer bestanden. Zum Beispiel behauptete ich, dass ich jeden Tag einen Mann und eine Frau, Herrn Luzifer und Frau Luzia, traf. Ganz in Schwarz gekleidet, hielten sie eine »magische Laterne« in der Hand, und während ihre Kerzen ihre Stirn beleuchteten, erzählten sie mir die Einzelheiten aus ihren sieben Leben. Zunächst als Ochsen am Eisenpflock in einer Savanne, dann als Ringeltauben, die durch die grüne Vegetation flogen, dann als was weiß ich sonst noch! Meine Mythomanie erschreckte meine Mutter heftig. Sie zwang mich, mit den gefalteten Händen auf dem Gebetbuch meinen Schutzengel um Vergebung zu bitten und zu schwören, nicht mehr von der reinen Wahrheit abzuweichen, was ich zerknirscht und von ganzem Herzen tat. Wenn ich mein Versprechen nicht hielt, dann, weil nur meine wildesten Fantastereien mir ein Glücksgefühl verschafften. In meinem jugendlichen Alter war mir mein Leben eine Last. Es war zu genau geregelt. Ohne Verzierungen und Extravaganzen. Ich habe bereits gesagt, dass wir weder leibliche noch angeheiratete Verwandte hatten. Wir empfingen niemanden. Die Besuche der Freundinnen meiner Mutter brachten keine Unterbrechung der Monotonie des Daseins. Sie waren immer dieselben, gepudert, mit Hut und Schmuck: Mme. Boricot, Mme. Revert, Mme. Astrubal. Nur wenige fanden Gnade vor ihr. Diese lachte zu laut, jene erzählte vor den Kindern anzügliche Witze. Jene andere hatte eine zu große Vorliebe für zweifelhafte Kalauer. Niemals Familienfeste, Bankette, endlose Schlemmereien, Totenwachen. Niemals Bälle, Tanz, Musik. Obendrein hatte ich bereits in tiefster Seele dieses Gefühl der Sinnlosigkeit, das mich selten verlassen hat und das ich später unter hektischen Aktivitäten zu verbergen suchte.

Mir ging es nur gut, wenn ich fantastische Universen erfand.

Meine Mutter hat ihr Ziel verfehlt. Ich begann, die Jeannettes zu hassen. Zunächst die Uniform: blauer Jeansstoff, unkleidsam, eine Krawatte, eine Baskenmütze. Dann die wöchentlichen Ausflüge. Jeden Donnerstag nach dem Mittagessen legte Adélia eine Feldflasche mit Anislimonade, ein Zopfbrot, eine Tafel Schokolade und einige Scheiben Marmorkuchen in einen kleinen Korb. Mit etwa zwanzig Mädchen machte ich mich unter der Führung von vier Gruppenleiterinnen auf den Weg zu der Anhöhe namens Morne de l'Hôpital. Um sie zu erreichen, schwitzten wir in Zweierreihen eine gute halbe Stunde lang unter der heißen Sonne. Wenn wir dort ankamen, konnten wir nicht einmal im Schatten der indischen Tamarindenbäume ein wenig Kühle genießen. Wir mussten sofort laufen, springen, Wegzeichen auffinden, laut singen. Ich mochte zwar die anderen Jeannettes nicht, die es mir mit gleicher Münze heimzahlten, aber die Leiterinnen himmelte ich an. Vor allem eine von ihnen, Nisida Léro, ein leider noch unverheiratetes Mädchen aus sehr guter Familie, die in ihrer Brust Schätze von Zuneigung barg. Ich weiß nicht, was aus ihr geworden ist, und wünsche ihr alles Glück auf Erden mit der Kinderschar, die sie sich damals wünschte. Ich war ihr Liebling. Sie setzte mich auf ihren Schoß und bemutterte mich. In meiner Erinnerung bleibt das Bild einer sehr dunklen Mulattin, ein Schatten von einem Schnurrbart, eine Adlernase. Ich machte ihr gern den üppigen Dutt, der ständig drauf und dran war, über ihre Schultern zu fallen. Ich bin der festen Überzeugung, dass sie an Gymnastik, Hochsprung, Weitsprung, an all diesen Leibesübungen, die den Körper in Schweiß baden und die sie uns so begeistert ausführen ließ, ebenso wenig Gefallen fand wie ich. Sie glaubte einfach nur, dass sie auf diese Weise ihr Leben gut ausfüllen konnte, bis sie einen Ehemann fand.

Manchmal gingen wir in den Ferien zum Zelten. Oh, nicht sehr weit. Niemals über die Umgebung von Petit-Bourg hinaus. Nach Bergerette, Juston, Carrère,

Montebello. Im Lager konnte man unmöglich vor sich hin träumen, denn wenn wir geweckt und angezogen waren, durften wir die Zelte nicht wieder betreten. Perpetuum mobile. Wir hatten ständig Dienst. Putzdienst: den Besen in der Hand. Abwaschdienst: stapelweise Schüsseln und Trinkbecher zu spülen. Küchendienst: Berge an Wurzelgemüse zu schälen. Holzsammeln: Die Mimosen in den Savannen zogen uns Striemen über die Waden. Am Abend stach uns der Rauch der Feuer, um die wir saßen und fade Erzählungen herunterleierten, in Augen und Kehle. Sobald sie erloschen waren, fraßen uns die Mücken auf. Jeden Abend weinte ich mich in den Schlaf. Damals gab es auf Guadeloupe kein Telefon. Ich konnte meine Mutter nicht anrufen, um ihr mein Elend anzuvertrauen und sie zu bitten, mich zu holen. Nachdem diese endlosen Aufenthalte (wie lange dauerten sie?) vorüber waren, kehrte ich mager und verstört zu den Meinen zurück und wollte vom Schoß meiner Mutter lange nicht mehr herunter.

»Lass mich in Ruhe, du erstickst mich«, protestierte sie, wenn ich sie mit Küssen verschlang.

Meine schlimmste Erinnerung bleibt ein Aufenthalt in Barbotteau auf den Anhöhen an der Lézarde. Ich habe den Eindruck, dass ein tintenschwarzer Himmel seine Schleusen unablässig, ohne einen einzigen Tag auszusetzen, geöffnet hielt. Da wir unmöglich unsere Zelte auf dem aufgeweichten Grasboden aufschlagen konnten, bewohnten wir ein unbehagliches, feuchtes und baufälliges Gebäude. Eine Schule? Darin eingeschlossen spielten wir Dodelschach. Wir tranken Heilpflanzentee und sangen absurde Lieder:

»Er kann nicht mehr krähn, kokodi, kokoda.«

Auf diese höllische Zeit folgte endlich der Moment der Rückkehr, voller unheilvoller Zeichen, die ich in meiner Blindheit nicht zu deuten verstand. Der gemietete Bus blieb bei der Ausfahrt aus Hauteurs Lézarde im Schlamm stecken. Wir mussten im strömenden Regen aussteigen, um ihn zu schieben. Auf Höhe von Arnouville fuhr er einen Kampfhahn, der flügelschlagend über den glänzenden Asphalt lief, zu blutigem Brei. Der Pont de la Gabarre* war ausnahmsweise hochgezogen, und so blieben wir Stunde um Stunde am Straßenrand stehen. Kurz gesagt, es war fast Nacht, als wir in La Pointe ankamen. Der Sammelpunkt war immer derselbe: vor dem Haus der Leiterin Nisida. Es lag in einem vornehmeren Viertel als unserem auf der anderen Seite der Place de la Victoire, die ein wenig als Fifth Avenue fungierte. Dort nahmen Dienerin oder Mama, je nach Familienrang, ihre Jeannette wieder in Empfang. Einige der Mädchen kehrten reichlich angeberisch mit geblähter Brust in den Schoß der Familie zurück, und man konnte sich ihre frei erfundenen Berichte vorstellen. Ich kam immer mit gesenktem Kopf heim und hatte, sonst so redselig, nichts zu vermelden.

An jenem Abend wartete ich über eine Stunde auf dem Bürgersteig: Niemand kam, um mich abzuholen. So nahm mich Leiterin Nisida an die Hand, und wir gingen in Begleitung ihrer Brüder in die Rue Alexandre-Isaac.

Als wir an der Sankt-Peter-und-Pauls-Kathedrale in ihrer wuchtigen Schwärze vorbeikamen, flog ein

* Brücke über die Rivière Salée, den Meeresarm zwischen den beiden Inselhälften.

Schwarm Fledermäuse aus den Nischen der Heiligen und hüllte uns als düsteres Vorzeichen ein. Die mit den Öllämpchen der Händlerinnen gespickte Place de la Victoire war denen ausgeliefert, die ihre Umtriebe im Dunkel verbergen. Ich ging weiter, während mein Herz im Trauertakt schlug. Meine Intuition flüsterte mir zu, dass meine Leiden gerade erst begannen. Wir kamen zur Ecke der Rue Condé.

Das Haus meiner Eltern lag im Dunkel. Es war von oben bis unten hermetisch verschlossen. Die dicken Türflügel zugezogen, doppelt verriegelt. Eine Nachbarin, Mme. Linsseuil, die immer alles wusste, informierte uns von ihrem Balkon herab, dass meine Eltern in unser Ferienhaus nach Sarcelles gefahren waren. Wann sollten sie heimkehren? Sie wusste es nicht. Als ich das hörte, stieß ich ein so schreckliches Geheule aus, dass andere Nachbarn auf ihre Balkone heraustraten, mich erkannten und bemerkten, dass ich eigentlich schon zu groß sei, um eine solche Szene zu machen. Aber gut, bei der Erziehung, die ich erhielt! Meine Eltern bereiteten sich eine schöne Zukunft, indem sie mich so erzogen. Leiterin Nisida schenkte den bösen Zungen kein Gehör und konnte mich mit Küssen beruhigen. Wir kehrten zu ihr zurück. Ich bewegte mich wie ein Zombie, da ich begriff, dass ich auch in dieser Nacht ohne meine Mutter einschlafen musste.

Zwei Dienerinnen flatterten um den Tisch und die Familie Léro, die sich ans Abendessen machte. Eine sehr bourgeoise, doch fröhliche Familie. Der Vater, ein alter, ziemlich dürrer Mulatte, jedoch ein Witzbold. Die Mutter wie ihre Tochter, nur korpulenter. Die Söhne turbulent. Die Schwiegermutter mit einer Mantille über ihren schneeweißen Haaren. Tante Cécé mit etwas nonnenhaftem Betragen. Zwei ungehobelte Cousins vom Land. Eine Cousine. Man ließ mich neben Leiterin Nisida sitzen, und alle wetteiferten mit Aufmerksamkeiten. M. Léro versprach mir, dass sein Chauffeur mich nach Sarcelles bringen würde, falls meine Eltern am nächsten Morgen nicht heimgekehrt waren. Heute Abend, gab mir Nisida lächelnd zu wissen, würde ich in ihrem Zimmer schlafen. Was für hübsche Ringe ich an den Ohren trug, schmeichelte mir Mme. Léro. Ich verstand nichts. Aus Rücksicht angesichts so großer Freundlichkeit zwang ich mich, mein Stöhnen und meine Tränenflut zurückzuhalten. Aber meine Kehle war zugeschnürt, ich konnte nichts herunterbringen. Überhaupt nichts. Mein Teller blieb voll. Ich rührte keine Speise an. Weder den gegrillten Schnapper. Noch die gratinierten Chayoten. Noch den Portulaksalat. Zum Abschluss stellte eine Bedienstete ein Schälchen mit Schokoladencreme vor mich hin.

Ich liebte Schokoladencreme über alles.

Meine Augen wurden trotz meines Kummers auf der Stelle trocken. Ich zögerte, unendlich beschämt, in einem solchen Moment meiner Naschhaftigkeit nachzugeben. Endlich entschied ich mich. Ich schickte mich gleichsam widerwillig an, meinen Löffel zu ergreifen, als eine andere Bedienstete mir die Creme blitzschnell wegnahm und in die Tiefen der Küche zurücktrug. Ich blieb *mofwase** zurück.

Warum kommt mir nach über fünfzig Jahren das Bild dieses blauen Schälchens mit Goldrand, gefüllt

* Mit offenem Mund.

mit einer sahnigen Köstlichkeit, die ich nicht genießen konnte, Symbol all dessen, was ich mir gewünscht und nicht bekommen habe, immer wieder vor Augen?

HERZLICHEN GLÜCKWUNSCH, MAMA!

Der Geburtstag meiner Mutter fiel auf den 28. April, ein Datum, das nichts jemals aus meinem Gedächtnis hat löschen können. Er war in jedem Jahr ein Ereignis, dessen Ablauf ebenso genau geregelt war wie eine Thronbesteigung. In der Dubouchage-Schule, in der sie seit zwanzig Jahren unterrichtete, sprachen ihre Lieblingsschülerinnen – denn sie hatte ihren Hofstaat – ihr im Namen der ganzen Klasse ihre Glückwünsche aus und überreichten ihr einen Strauß Rosen, ihre Lieblingsblumen. Zu Hause machte ihr mein Vater beim Mittagessen ein Geschenk, meistens eine Halskette oder ein Armband, das das Gewicht ihres Schmuckkastens weiter erhöhen würde. Um vier Uhr nachmittags knirschte die Eismaschine im Hof. Adélia, die trotz Hungerlohn den plötzlichen Stimmungswechseln meiner Mutter getreulich standhielt, reichte ihr und ihren parfümierten und herausgeputzten Freundinnen den Kaffee. Überall waren Rosen. Dann führten meine geschminkten und kostümierten Geschwister vor diesem Publikum einen Sketsch eigener Schöpfung auf, den sie in größter Geheimhaltung geprobt hatten. Endlich entkorkte mein Vater die seit dem Vortag gekühlten Champagnerflaschen. Jahrelang hatte ich mich mit einer Art Wichtigtuerei begnügt, die alle belästigt hatte. Ich wollte die Kuchenform auslecken, die Kurbel der Eismaschine drehen. Ich weigerte mich, die Freundinnen meiner Mutter zu küssen, setzte aber alles daran, sie selbst mit klebrigen Küssen zu bedecken. Ich bekleckerte mein Kleid mit Mandelsirup. Ich trank die Reste aus den Gläsern. Kurzum, wie meine Schwester Thérèse, die Einzige der Familie, die mit mir ein wenig streng umging, sagte, »ich spielte mich auf.« Als ich allmählich größer wurde, begnügte ich mich nicht mehr mit dieser Statistenrolle. Mit meinen zehn Jahren wollte ich meine Mutter auf mich aufmerksam machen, mir durch eine außergewöhnliche Leistung ihr Lob verdienen.

Hier muss ich vielleicht versuchen, ein Porträt meiner Mutter zu entwerfen. Eine Aufgabe, an die ich mich erst kürzlich heranmachen konnte, denn meine Mutter verlor nie ein Wort über sich selbst. Da sie keine Geschwister hatte, nur einige Cousins aus Marie-Galante, die uns zu Neujahr Mandarinen brachten, und ihre Mutter die Augen geschlossen hatte, bevor ich die meinen öffnete, war es leicht für mich, mir vorzustellen, meine Mutter sei vollständig erwachsen einer Art Zwischenreich entstiegen, um meine Geschwisterschar zur Welt zu bringen.

Sie hieß Jeanne Quidal. Mein Gedächtnis bewahrt das Bild einer sehr schönen Frau. Eine Haut wie eine Sapodilla, strahlendes Lächeln. Groß, stattlich. Immer geschmackvoll gekleidet, abgesehen von ihren zu hellen Strümpfen. In La Pointe mochten wenige Leute sie trotz ihrer unermüdlichen Wohltätigkeit: Sie unterhielt Dutzende von Armen, die sich jeden Sonntag ihre Unterstützung abholten. Sie war zu einer legendären Gestalt geworden. Man kolportierte ihre stets beißenden Kommentare und Urteile. Man schmückte ihre Ausfälle und Zornausbrüche aus. Man erzählte, wie sie ihren Sonnenschirm auf dem Rücken eines Polizisten zerschlagen hatte, der es ihr gegenüber angeblich an Respekt hatte fehlen lassen. Denn Stolz war die Grundlage ihres Charakters. Sie war die Tochter einer unehelich geborenen Analphabetin, die La Treille verlassen hatte, um sich in La Pointe zu verdingen. Großmama Élodie. Ein Foto auf dem Klavier zeigte eine schmächtige Mulattin mit Kopftuch, zusätzlich geschwächt durch ein Leben im Abseits mit gesenktem Kopf: »Ja, *misié*, ja *madanm*.« Meine Mutter war so am Küchenherd der Bürgerhäuser, gedemütigt von den Kindern der Herren, aufgewachsen. Das Schicksal hätte gewollt, dass sie, wie ihre Mutter, Essen kochte und vom ersten hergelaufenen Kerl geschwängert würde. Der – nicht immer blinden – Kolonialverwaltung war jedoch schon in der Grundschule ihre außergewöhnliche Intelligenz aufgefallen. Mit Stipendien und zinslosen Darlehen hatte sie sie zu einer der ersten schwarzen Lehrerinnen gemacht. Als sie eine gute Partie geworden war, wurde sie schnell umworben. Sie konnte darauf hoffen, in der Kirche mit Schleier und Kranz zu heiraten. Doch ließ sie sich nichts vormachen, denn ihr war nicht unbekannt, dass viele ihrer Bewerber lediglich Augen für ihr Gehalt als Lehrerin erster Klasse hatten. Mit dreiundzwanzig Jahren begegnete sie meinem Vater. Er war dreiundvierzig, sein Kopf vorzeitig ergraut. Gerade erst hatte er seine erste Frau beerdigt und stand allein mit zwei kleinen Jungen, Albert und Serge, da. Dennoch fand sich meine Mutter bereit, ihn zu heiraten. Auch wenn mich nichts dazu berechtigt, vermute ich doch, dass Liebe an dieser Entscheidung wenig Anteil hatte. Jeannes Herz schlug nicht für diesen mit Kindern belasteten Witwer, der schon an Arthritis litt und hinter seiner Brille mit dem dicken Horngestell schlecht sah. Aber der äußerst ehrgeizige Vierziger, der ihr versprach, ihr Leben in Watte zu packen, hatte sich in der Rue de Condé ein stockhohes Haus gebaut und besaß einen Citroën C4. Er hatte den Schuldienst quittiert, um Geschäftsmann zu werden. Zusammen mit einer Gruppe Gleichgesinnter mit Unternehmergeist hatte er die Genossenschaftliche Darlehenskasse, die spätere Banque Antillaise, gegründet, die Beamten unter die Arme greifen sollte. Nach außen hin war die Ehe meiner Eltern die übliche Mischung aus Glück und Unglück. Sie hatten acht Kinder. Vier Jungen. Vier Mädchen. Zwei von ihnen verloren sie in jugendlichem Alter, worüber meine Mutter niemals hinwegkam. An Geld fehlte es ihnen nicht, und sie unternahmen weite Reisen. Bis nach Italien. Mein Vater war ein treuer Ehemann. Es tauchte kein Halbbruder, keine Halbschwester auf, um Geld für Schulschuhe zu fordern. Und dennoch bringt mich nichts davon ab, dass mein Vater meine Mutter nicht verdiente. Wenn er sie auch beständig »mein Schatz« nannte, verstand er sie doch nicht, mehr noch, sie machte ihm Angst. Sandrino war kategorisch. Ihm zufolge war meine Mutter eine unbefriedigte und frustrierte Frau.

»Was willst du«, sagte er immer, »sie hat sich an einen alten Veteranen verkauft. Ich wette, sie hat seit Jahren nicht mehr richtig Liebe gemacht. Du warst ein Unfall.« Ich stelle mir vor, dass meine Mutter unter ihrem glänzenden Äußeren Angst vor dem Leben hatte, diesem unbändigen Pferd, das ihrer Mutter und ihrer Großmutter so schlimm mitgespielt hatte. Ein Unbekannter hatte Élodie vergewaltigt, fünfzehn Jahre davor ein Fabrikarbeiter aus Marie-Galante ihre Mutter. Beide waren sitzen gelassen worden, sie konnten sehen, wo sie blieben mit ihrem dicken Bauch. Élodie hatte niemals etwas Eigenes besessen. Nicht einmal eine Hütte. Nicht einmal ein gutes Kleid. Noch nicht einmal ein Grab. Ihren ewigen Schlaf schlief sie in der Gruft ihrer letzten Arbeitgeber. Folglich hatte meine Mutter eine panische Angst davor, dorthin zu geraten, wohin sie geraten waren. Und vor allem, dass man sie mit einer gewöhnlichen Person verwechselte, sie nicht als die würdigte, die sie aus eigener Kraft geworden war. Meine Schwestern versetzte sie in Angst und Schrecken. Nur Sandrino und ich boten ihr Paroli. Als ich ganz klein war, machten mich einige ihrer Lebensweisheiten wütend. Vor allem jene, die ich wegen meiner Neigung, Adélias Gesellschaft zu suchen, häufig zu hören bekam:

»Du wirst niemals etwas Gutes zustande bringen. Intelligente Mädchen verbringen ihre Zeit nicht in der Küche.«

Ich konnte nicht begreifen, dass es ihre persönliche Art war, den Abstand zu beklagen, der sich im Lauf der Jahre zwischen ihrer Mutter, der Dienstmagd, und ihr aufgetan hatte. Die Leute von La Pointe erzählten sich, sie sei eine gefühllose Person, die Élodie das Herz gebrochen habe. Sie halte sie von ihren Kindern fern wie eine Pestkranke. Sie schäme sich für das Kopftuch ihrer Mutter, für ihr Kreolisch und ihre ganze unterwürfige Haltung, weshalb sie sie zwinge, einen Hut zu tragen und ihre kahlen Schläfen zu entblößen, zu schweigen und sich nicht zu zeigen, wenn sie Besuch empfing.

Mit zehn also bat ich, bestärkt durch meine guten Noten in Französisch, zum Geburtstag meiner Mutter einen selbstgeschriebenen Text vortragen zu dürfen. Man willigte ein, weil man mir alles durchgehen ließ. Ich verlangte von niemandem Hilfe. Nicht einmal von Sandrino, der übrigens über diese Geburtstage lästerte und niemals eine Rolle in den Sketchen übernahm. Ich hatte keine genaue Vorstellung, was ich schreiben wollte. Ich spürte lediglich, dass einer Persönlichkeit wie meiner Mutter ihr Schreiber gebührte. Dass ich mich anstrengen musste, solch ein komplexes Wesen bestmöglich darzustellen. Nach langen Überlegungen entschied ich mich für ein Gedicht in freien Versen, das auch einem Schauspiel ähneln würde. Es würde nur eine Person geben. Diese Person würde durch ihre Metamorphosen die verschiedenen Facetten des Charakters meiner Mutter ausdrücken. Großzügig, bereit, ihre letzten Banknoten an Arme zu verteilen, und zugleich kleinlich, wenn Adélia eine Lohnerhöhung von ein paar Franc wollte. Dermaßen emotional, dass sie über das Unglück eines Unbekannten heiße Tränen vergießen konnte. Arrogant. Jähzornig. Vor allem jähzornig. Fähig, mit der blanken Waffe ihres Wortes zu töten und unfähig, um Verzeihung zu bitten. Ich arbeitete wochenlang unter Hochdruck und vernachlässigte meine Schulaufgaben. Nachts wurde ich wach und sah den Mond rund wie einen Camembert auf meinem Fensterbrett. Ich stand um vier Uhr morgens auf und achtete darauf, meine Mutter nicht auf mich aufmerksam zu machen, die im Raum nebenan bereits angekleidet war. Denn an jedem Tag, den Gott werden ließ, ging meine Mutter ohne Halskette und Ohrringe, schmucklos wie ein Kruzifix, zur Frühmesse. Sie empfing dort täglich die Kommunion und verharrte, nachdem sie in ihre Bank zurückgekehrt war, bis zum *Ite missa est,* ekstatische Gebete murmelnd, in gebeugter Haltung. Worum bat sie den lieben Gott?

Nach diesen Wochen in Transe beschien die Sonne den großen Tag. Bereits morgens ließ mich das Schicksal durch tausend Zeichen wissen, dass die Dinge nicht nach meinen Wünschen laufen würden. Unglücklicherweise war ich ein blindes und eigensinniges Kind. In Dubouchage vermochten die Lieblingsschülerinnen sich nicht an ihre Glückwünsche zu erinnern und traten mit offenem Mund von einem Fuß auf den anderen – wie die Puten, warf meine Mutter ihnen an den Kopf. Beim Mittagessen prunkte mein Vater mit einer Brosche, die der Beschenkten offensichtlich nicht gefiel, und stach sie auch noch, als er sie an ihre Bluse aus Crêpe Georgette steckte. Adélia stolperte in der Küche und zersplitterte alle Champagnergläser. Der Sketch wurde allen Bemühungen der Souffleure zum Trotz zu einer Katastrophe. Der äußerst sparsame Applaus meiner Mutter drückte ihre Missbilligung aus. Es blieb nur meine Schöpfung übrig, um die verlorene Ehre der Familie zu retten.

Dieser Text ist natürlich verschwunden, und was er genau enthielt, kann ich nicht sagen. Ich erinnere mich, dass er voll mit Anspielungen auf die klassische Mythologie war, denn in der Sexta hatte ich das Thema »der Orient und Griechenland«. In ihrer ersten Metamorphose wurde meine Mutter mit einer der Gorgonenschwestern verglichen, deren Kopf ein Schopf aus Giftschlangen krönte. In der zweiten mit Leda, deren liebliche Schönheit den Mächtigsten der Götter verführte. Sobald ich zu reden begann, sackte meinem Vater, meinen Schwestern, den Freundinnen meiner Mutter und sogar Sandrino die Kinnlade herunter, in ihren Gesichtern war Überraschung, Verblüffung, Ungläubigkeit zu lesen. Aber die schöne Maske meiner Mutter blieb ungerührt. Sie saß kerzengerade im Sessel und hatte eine ihrer bevorzugten Posen eingenommen, in der die linke Hand am Hals lag und ihr Kinn abstützte. Ihre Augen waren halb geschlossen, als konzentrierte sie sich, um mich besser zu hören.

In einem himmelblauen Gewand stolzierte und posierte ich eine gute Dreiviertelstunde vor ihr.

Plötzlich starrte sie mich an. Ihre Augen waren von einem glänzenden Film überzogen. Bald darauf zerriss dieser, und ihre Tränen zogen Furchen auf ihren gepuderten Wangen. »So siehst du mich?«, fragte sie ohne Zorn.

Dann stand sie auf, schritt durch das Wohnzimmer und stieg in ihr Schlafzimmer hoch. Ich hatte meine Mutter niemals weinen sehen. Nicht einmal, als sie auf der Treppe ausgerutscht war und sich den Arm gebrochen hatte. Zunächst hatte ich ein berauschendes Gefühl wie Stolz. Ich, zehn Jahre alt, die kleine Letztgeborene, hatte den Drachen gezähmt, der die Sonne zu verschlucken drohte. Ich hatte die Stiere aus Puerto Rico in vollem Galopp zum Stehen gebracht. Dann ergriff mich Verzweiflung. Lieber Gott, was hatte ich getan? Ich hatte meine Lektion nicht gelernt. Meine Auseinandersetzungen mit Yvelise hatten mir nicht genügt. Man darf nicht die Wahrheit sagen. Niemals. Niemals. Denen, die man liebt. Man muss sie in den glänzendsten Farben malen. Ihnen Anlass geben, sich zu bewundern. Sie glauben lassen, dass sie seien, was sie nicht sind. Ich stürzte aus dem Wohnzimmer und rannte, immer mehrere Stufen auf einmal, die Treppe hoch. Aber die Schlafzimmertür meiner Mutter war verschlossen. So sehr ich auch brüllte, mit beiden Fäusten und auch mit beiden Füßen gegen das Holz schlug, sie ging nicht auf.

Ich verbrachte die Nacht in Tränen.

Am Tag darauf tat meine Mutter so, als ginge sie wie gewohnt mit mir um. Sie kämmte mir die Haare nicht unsanfter und setzte eine rosafarbene Schleife auf meine vier Zöpfe. Mit etwas Haaröl brachte sie Glanz auf meine Beine. Sie fragte mich meine Lektionen ab. Als ich, herzzerreißend weinend, meine Arme um ihren Hals schlang, erklärte, dass ich nichts Böses gewollt hatte, und um Verzeihung bat, fragte sie eisig:

»Verzeihung? Warum Verzeihung? Du hast gesagt, was du dachtest.«

Diese Gelassenheit zeigte, wie verletzt sie war.

DIE SCHÖNSTE FRAU DER WELT

In der Kathedrale Sankt Peter und Paul hatte unsere Bank in der zentralen Allee die Nummer 32. Als ich noch ganz klein war, hätte ich diesen Zufluchtsort mit geschlossenen Augen aufsuchen können, vorbei an dem Schweizer, der mich immer sehr erschreckte, wenn er seine Hellebarde auf den Boden stieß, geleitet vom Strom der Orgelmusik und den Düften der Lilien und Tuberosen, die angehäuft auf dem Hauptaltar lagen. Die Bank war schmal. Ihr Holz glänzte wie eingerieben mit Wachs. Die Rückenlehne sehr hoch. Ich hätte mich auf die Sitzfläche knien müssen, um zu sehen, was dahinter geschah, was mir jedoch verboten war.

Mein Vater, der mit der Freimaurerei geliebäugelt hatte, begleitete uns niemals zur Kathedrale. Er blieb in Hemdsärmeln zu Hause und nutzte die Gelegenheit, seine Freunde, Ungläubige wie er, seufzte meine Mutter, zu empfangen. Mit ihnen rauchte er Zigarren und trank, einmal ist keinmal, einen Rum pur oder zwei. Von unserem Haus bis zur Kathedrale waren es auf geradem Weg nur einige Minuten. Man brauchte lediglich über die Place de la Victoire zu gehen. Aber meine Mutter blieb alle zehn Schritte stehen, um zu grüßen, sich mit einer Bekannten zu unterhalten, und wir mussten auf sie warten. Auf jeden Fall konnte ich mich nicht entfernen, herumtollen, nach rechts und links laufen, denn sie hielt meine Hand in ihrer gefangen. Sandrino, der sich als Atheist bezeichnete, bildete immer mit Leichenbittermiene die Nachhut. Wir stiegen die Stufen des Kirchplatzes gemeinsam hoch und betraten die Kirche immer zu zweien, meine Mutter und ich vorneweg. Auf Höhe unserer Bank bekreuzigten wir uns, und ich bemühte mich wie ein dressierter Affe, die weitausholende Geste meiner Mutter nachzuahmen. Dann knieten wir auf der schneidenden Kante des Betstuhls nieder. Immer noch nach dem Beispiel meiner Mutter behielten wir den Kopf einige Minuten lang zwischen den Händen. Dann setzten wir uns. Ab und zu unterbrachen unterdrücktes Husten und Kinderweinen die Stille der Kathedrale, in der es hell war wie in einem Gewächshaus. Endlich ließ die Orgel ihre Stimme ertönen, und der Priester erschien inmitten eines Areopags von Ministranten in roten Gewändern und schwenkte sein Rauchfass in langen Bögen. Ich glaube, dass meine großen Brüder alle nacheinander Messdiener gewesen sind, nur nicht Sandrino, der sich heftig widersetzt hatte. Gott und die Kirche waren die einzigen Punkte, in denen meine Eltern nicht einer Meinung waren. Sie stritten deswegen jedoch nicht. Mein Vater fand es natürlich, dass eine rechtschaffene Frau religiös war, und meine Mutter unvermeidlich, dass ein Mann es nicht war.

Obwohl ich aus einer exzessiven Eitelkeit heraus für Schmuck schwärmte, ging ich nicht gern zur Kirche. Man musste einen Hut tragen, der an den Haaren zog, Lackschuhe, die die Zehen einzwängten, baumwollene Kniestrümpfe, die warm hielten, und vor allem über eine Stunde lang den Mund halten, was für mich eine Tortur war, weil ich ständig eine Geschichte zu erzählen hatte. Oft schloss ich in meiner misslichen Lage die Augen und nickte nach dem Evangelium ein. Doch missfiel das meiner Mutter, die meinen Arm wie den

Zweig eines Sandapfelbaums schüttelte. Sie, die mir nach Ansicht meiner Schwestern alles nachsah, bewies größte Strenge bei der Haltung in der Messe. Sie war fest entschlossen, dafür zu sorgen, dass ich bis zum erlösenden Satz *Ite missa est* wach blieb. Um nicht einzuschlafen, summte ich im Kopf einen Ohrwurm. Leider vergaß ich mich manchmal. Dann stieg er in meinen Mund hinunter und ich bekam einen unsanften Klaps. Zum x-ten Mal musterte ich die Gipsstatuen in ihren Nischen: den heiligen Antonius von Padua mit seiner Glatze. Das Jesuskind rittlings auf seinem Gebetbuch. Die heilige Therese von Lisieux mit zum Himmel gerichteten Augen unter ihrer Krone aus Rosenknospen. Den Erzengel Michael, der in Sandalen – wie unvorsichtig! – eine Schlange zertrat. Ich wandte den Blick zu den bunten, von der Sonne erleuchteten Fenstern. Auch dort nichts. Gelb, Rot, Blau. Ich versuchte in der Menge der Gesichter die Freunde meiner Eltern auszumachen. Einige waren dort, ebenso feierlich und sonntäglich gekleidet. Doktor Mélas, der mich eben erst wegen einer Mittelohrentzündung behandelt hatte. M. Vitalise, der in seiner Apotheke Kröten in Gläsern hatte. Als ich allmählich größer wurde, kam ich nicht umhin festzustellen, wie selten die schwarzen oder auch nur farbigen Gesichter im Mittelschiff der Kathedrale unter dem Gewölbe in Form eines umgekehrten Schiffsrumpfs waren. Sie stachen ab, als wären sie in die Schale Milch aus dem Abzählvers gefallen, den wir sangen, ohne irgendeine Ironie darin zu sehen:

'ne Negerin, die dachte sich
Die Schale Milch, ach könnte ich

Mit dem Gesicht hinein geschwind
Dann wär ich auch so weiß
Wie ein Franzosenkind.

Überall weiße Kreolen. Weiße Kreolen auf der Bank vor uns, weiße Kreolen auf der Bank hinter uns. Aus den vier Ecken von La Pointe. Männer, Frauen, Kinder. Alte, Junge, Babys, die auf dem Arm gehalten wurden. Niemals sah man so viele wie beim Hochamt. Als wenn die Kathedrale ihnen gehörte. Als wäre der liebe Gott ihr naher Verwandter.

Ich hatte keine Aggressionsgefühle gegenüber den weißen Kreolen, trotz der Episode mit Anne-Marie de Surville, die damals bequem in meinem Gedächtnis verschlossen war. Wie bereits deutlich wurde, sprachen meine Eltern ebensowenig mit mir darüber, wie sie mir Geschichten von Zombies oder *soukougnans** erzählten. Nie wäre ich auf die Idee gekommen, mit meinen weißen Kameradinnen zu verkehren, nachdem wir die Schule verlassen hatten. Wenn wir uns über den Weg liefen, verstanden unsere Blicke, sich nicht über den Weg zu laufen. Eines Sonntags, ich weiß nicht warum, begann ich die weißen Kreolen um mich herum neugierig zu betrachten.

Ich wusste, dass sie auf Kreolisch *zorey,* Ohren, genannt wurden. Und tatsächlich zeigten die Männer und die kleinen Jungen rote, kräftige, abstehende Ohrläppchen. Die Frauen bemühten sich, sie unter ihren Haarrollen zu verbergen, die Mädchen unter ihren

* Menschen, die sich nachts ihre Haut abstreifen, als Feuerkugeln durch die Luft fliegen und Blut saugen.

Korkenzieherlocken und Schleifen. Dennoch lugten sie komisch oder bedrohlich rechts und links ihrer Kopfbedeckung hervor. Mein Blick stieg aufwärts, wieder abwärts, lief über die Reihen der gleichermaßen von gelblicher Blässe gestempelten Gesichter, stieß auf die gebieterisch vorragende Nase, streifte um die wie mit einer Rasierklinge gezogenen Lippen. Und dann traf ich dank meiner etwas spöttischen Erkundung auf eine sehr junge Frau mit einem schwarzen Pillbox-Hut aus Stroh auf ihrem blonden Haar, einem kleinen Schleier, der die Stirn halb verdeckte, samtenen Wangen und einem Mund wie eine Rosenknospe. Sie trug ein beigefarbenes Leinenkostüm, an dessen Revers eine Kamee steckte. So etwas Vollkommenes hatte ich noch nie gesehen. Ich konnte im weiteren Verlauf der Messe meinen Blick nicht von ihr wenden. Einen Moment lang begegneten ihre Augen den meinen, doch zu meinem heftigen Kummer wandten sie sich sofort gleichgültig wieder ab. Ich war ihr nicht aufgefallen. Nach dem *Ite missa est* stand sie von ihrer Bank auf, kniete sich ehrfürchtig nieder, bekreuzigte sich und nahm den Arm eines Mannes. Am folgenden Sonntag sah ich sie von meinem Beobachtungsposten umgeben von ihren Angehörigen kommen, wieder am Arm ihres ebenfalls sehr jungen Mannes, schnurrbärtig, recht gewöhnliches Gesicht, in jeder Hinsicht unwürdig, einen solchen Schatz zu besitzen. Diesmal war sie in weiße Spitze gekleidet, trug anstelle der Pillbox einen breitkrempigen Hut und statt der Kamee eine Halskette aus Goldperlen von beachtlicher Größe. Mit einer, wie mir schien, unnachahmlichen Anmut setzte sie sich in Reihe 29. Ich notierte die Nummer wie ein Detektiv

Mich plagte die Neugier. Als wir schließlich zu Hause waren, fragte ich meine Mutter, wer diese Familie von weißen Kreolen in Reihe 29, nicht weit von unserer, war. Wie ich wusste, waren meine Mutter und ihre guten Freundinnen ausgezeichnete Ahnenforscherinnen. Sie kannten sämtliche Verwandtschaftsbeziehungen, ehelichen Verbindungen und Trennungen im Schlaf. Ein wesentlicher Teil ihrer Unterhaltungen bestand darin, ihr Wissen so gründlich auf den neuesten Stand zu bringen, dass sie Notare hätten beraten können, die sich mit Erbschaftsproblemen und Vermögensaufteilungen herumschlugen. Sie wusste die Antwort aus dem Effeff:

»Das ist die Familie Linsseuil. Die haben gerade Amélie mit dem Sohn des Besitzers der Fabrik Grosse Montagne verheiratet: gute Partie.«

Sie wollte schon auf anderes übergehen, als meine Frage sie bei näherer Betrachtung überraschte. Sie schwenkte zu mir um. Was hatte ich mit diesen Leuten zu tun?

»Ich finde eben«, antwortete ich begeistert, ganz hingerissen von meiner Leidenschaft, »dass Amélie die schönste Person ist, die ich je gesehen habe.«

Und ohne auf ihre Miene achtzugeben sagte ich noch:

»Sie ist mein Schönheitsideal!«

Meiner Mutter verschlug es die Sprache. Sie ließ meinen Vater holen, der sich im Wohnzimmer amüsierte, und meine Geschwister zusammenrufen, die ruhig an ihrem Zimmerfenster plauderten. Sie trug mein Verbrechen vor: Wie konnte mein Schönheitsideal eine weiße Frau sein? Gab es denn keine Personen meiner Hautfarbe, die diese Auszeichnung verdienten?

Es ginge noch an, wenn ich eine Mulattin, eine *câpresse** oder notfalls eine *koolie*** gewählt hätte! Mein Vater, der wusste, dass man meiner Mutter besser nicht widersprach, nahm mich ausnahmsweise in Schutz. War das nicht viel Lärm um nichts? Ich war noch sehr jung. Meine Mutter akzeptierte diese mildernden Umstände nicht. Ich konnte bereits urteilen. Ich wusste, was ich tat. Es folgten einige treffende Ausführungen, die thematisch das *Black is beautiful* vorwegnahmen. Meine Wangen glühten. Ich schämte mich umso mehr, als Sandrino, sonst stets mein Verbündeter, zuzustimmen schien. Ich zog mich in mein Zimmer zurück. Irgendwie ahnte ich, dass meine Mutter Recht hatte. Trotzdem war ich nicht schuldig. Ich hatte Amélie nicht bewundert, weil sie weiß war. Ja, aber ihre zartrosa Haut, ihre hellen Augen und ihr luftiges Haar waren eben feste Bestandteile des Gesamtbildes, das ich so sehr bewunderte. All das überstieg mein Fassungsvermögen.

Am nächsten Sonntag sah ich nur aus dem Augenwinkel, wie Amélie sich hinkniete und bekreuzigte, bevor sie sich auf ihre Bank setzte. Ich drehte den Kopf nicht in ihre Richtung.

Ich hatte verstanden, dass ihre Schönheit mir verboten war.

* *Câpre/câpresse*: Person mit einem schwarzen und einem mulattischen Elternteil.

** Frau mit indischen Vorfahren (indische Kulis waren nach Abschaffung der Sklaverei als billige Arbeitskräfte angeworben worden).

VERBOTENE WÖRTER

An einem Jahresende kam meine Mutter Abend für Abend mit verweinten Augen und dick geschwollenen Augenlidern zu Tisch. Adélia füllte ehrerbietig ihren Teller, aber meine Mutter rührte nichts an und lief davon, um sich in ihrem Schlafzimmer einzuschließen, von wo wir sie wie eine Verletzte stöhnen hörten. Mein Vater blieb an seinem Platz, setzte aber eine den Umständen entsprechende Trauermiene auf und seufzte kräftig zwischen zwei Löffeln *soupe grasse**. Nach dem Essen brachte Adélia einen an seinem Pfeffergeruch erkennbaren Tee aus Wurmsamen nach oben und blieb endlos lange bei meiner Mutter.

Ich wartete auf sie und trat dabei ungeduldig von einem Fuß auf den anderen. Sandrino und ich konnten ohne sie nicht über die Straße gehen, um uns einen Platz im Hof der Familie Clavier zu suchen. Ab den ersten Dezembertagen versammelten wir uns mit Leuten aus dem Viertel und grölten, den Kopf zum bestirnten Himmelsgewölbe gereckt, manchmal bis Mitternacht Weihnachtslieder. Sogar Großmutter Driscoll holte ihre Bank und setzte sich in eine Ecke. Meine Eltern, die sich niemals unter diese Versammlungen mischten, ließen uns dennoch daran teilnehmen. Das »Weihnachtssingen« war ihr einziges Zugeständnis an die volkstümlichen Traditionen. Denn wenn der Rhythmus der Lieder auch ebenso wild wie bei den Biguines und

* »Fette Suppe«, eine Art Eintopf.

kreolischen Mazurkas war und wir leidenschaftlich auf Wannen oder Kochtöpfe schlugen, waren die Texte doch sehr korrekt. In gutem Französisch. In französischem Französisch. Ich kann immer noch fehlerlos *Michaud veillait la nuit dans sa chaumière* singen, es ist mein Lieblingslied geblieben. Aber auch *Voisin, d'où venait ce grand bruit?*, *Venez, divin Messie, venez source de vie.* Oder noch *Joseph, mon cher fidèle.*

Mir war die Ursache für den Zustand meiner Mutter rätselhaft. Sie war nicht krank, denn mein Vater hatte Doktor Mélas nicht holen lassen. Sie hatte sich mit keinem Nachbarn, keiner Kollegin, keinem Fremden gestritten, keinen Ärger in der Dubouchage-Schule, auf der Straße, in einem Geschäft, im Kino gehabt. Was hatte sie verdrossen? Sandrino flüsterte mir schließlich ins Ohr, dass der Mann meiner Schwester Émilia sie verlassen hatte. Sie würden sich scheiden lassen.

Sich scheiden lassen?

Meine Schwester Émilia kannte ich kaum. Sie lebte seit Jahren in Paris, und ich begegnete ihr nur bei unseren Frankreichaufenthalten. Mehr als zwanzig Jahre trennten uns, und wir hatten nicht viel zu bereden. Mein Vater, der selten irgendein Gefühl äußerte, schmolz dahin, sobald er seine erstgeborene Tochter erwähnte, an der sein Herz hing. Er zitierte ihre geistreichen Aussprüche. Er pries ihre Intelligenz, ihren Charme, ihren sanften Charakter, und all diese Komplimente wirkten wie Spitzen gegen die arme Thérèse, die die Familie übereinstimmend als miesepetriges hässliches Entlein betrachtete. Meine Mutter beteuerte, während sie die Fotografien ihres Albums vorzeigte, dass Émilia ihr wie aus dem Gesicht geschnitten sei. Sie hatte Joris

Tertulien, den Sohn einer sehr bekannten und reichen Persönlichkeit aus Marie-Galante, geheiratet. Ihr Foto thronte auf dem Klavier. Als zwei anonyme Studenten hatten sie in Paris geheiratet, vermutlich um dem familiären Brimborium zu entgehen. Ich wusste, dass sie ein Kind verloren hatten. Mich interessierten sie kaum. Meine Eltern waren durch diese Verbindung mit der Familie Tertulien äußerst geehrt und erwähnten sie bei jeder Gelegenheit. In ihren Augen verbanden sich mit Émilia und Joris gleichsam die Erben zweier Dynastien mit gleichwertigem Stammbaum. Ich denke mir, dass sie für meine Mutter insgeheim die Rache an einer Insel symbolisierte, die ihre Mutter in Not und Armut verlassen hatte.

Kurz nach der Hochzeit von Émilia und Joris waren an einem 15. August, der Kirchweih von Grand-Bourg, Thérèse, Sandrino und ich als Unterpfand der neuen familiären Beziehungen zu den Tertulliens geschickt worden. Das war meine erste Reise nach Marie-Galante, meiner Desiderada*. Der Meeresarm war aufgewühlt. Die *Delgrès*, die die Verbindung mit La Pointe sicherte, war überfüllt. Sie stieg bis zu den Wellenkämmen empor und stürzte dann brutal mehrere Meter in die Täler hinunter. Überall auf dem Schiff erbrachen sich die Passagiere. Die Umsichtigsten hatten mit Papiertüten vorgesorgt, die sie strauchelnd über die Reling warfen. Oft verfehlten sie ihr Ziel, und der Inhalt der Tüten ergoss sich über das Deck. Die Menschenmenge,

* Insel in der Nähe von Guadeloupe (La Désirade). Von Kolumbus Desiderada, die Ersehnte, getauft, da sie die erste Insel war, die er nach langer Überfahrt erblickte.

die Bewegung, der Gestank. Ich wäre ohnmächtig geworden, wenn Thérèse mir nicht ständig grüne Zitronenscheiben in den Mund gesteckt hätte. Nach diesen qualvollen dreieinhalb Stunden war die Insel aufgetaucht. Weiße Klippen, gespickt mit Hütten, die sich wie Ziegen in den erstaunlichsten Positionen daran festklammerten, waren aus den Wogen emporgewachsen. Wie durch Zauberkraft hatte das Meer sich beruhigt, und die *Delgrès* hatte sanft am Pier angelegt. M. und Mme. Tertullien überraschten uns. Das genaue Gegenteil unserer Eltern. Einfach, fröhlich, leutselig. Die Frau trug Sandalen und einen Strohhut, den zwei unter dem Hals verknüpfte Bänder hielten. Der Mann, riesengroß aber gutmütig, gewann alsbald meine Zuneigung, als er mich hochhob und »die Perle des Schmuckkästchens« nannte. Trotz ihrer zwanglosen Zugänglichkeit wohnten sie im schönsten Haus von Grand-Bourg auf dem Kirchplatz, und jeden Morgen stand eine lange Schlange vor ihrer Tür: Bittsteller bettelten um die Gunst von M. Tertullien. Diese Woche auf Marie-Galante war zauberhaft. Die Tertulliens, die nur einen einzigen Sohn hatten, verwöhnten mich maßlos. Jeden Morgen fragte mich Mme. Tertullien wie eine Märchenprinzessin gravitätisch, was ich essen wollte. M. Tertullien kaufte mir eine Puppe, die die Augen öffnete und schloss. Eine derartige Freiheit hatte ich mir niemals ausgemalt, und als ich wieder meine Mutter, aufgetakelt mit großem Prunk, auf dem Kai von La Pointe erblickte, weinte ich heiße Tränen wie eine Entflohene, die wieder in ihre Zelle zurückkehrt. Zu klug, um sich zu täuschen, sprach sie melancholisch vom Undank der Kinderherzen. Seither schickten die

Tertulliens uns über Landsleute aus Marie-Galante Körbe voller Wurzelgemüse, Straucherbsen oder Bohnen und 55-prozentigen Rhum Agricole, der die Kuchen von Adélia würzte.

Sich scheiden lassen?

Für meine Ohren hatte das Wort einen unanständigen Klang. Es bedeutete, dass ein Mann und eine Frau, die sich auf den Mund geküsst und unter dem gleichen Moskitonetz eng umschlungen geschlafen hatten, auseinandergingen und sich wie zwei fremde Personen verhielten. Trotz Sandrinos dringenden Ratschlägen konnte ich eine solche Nachricht nicht für mich behalten und teilte sie Yvelise mit. Yvelise lieferte nähere Informationen. Falls die beiden Personen Kinder hätten, so Yvelise, würden diese aufgeteilt wie die Hühner im Hof. Die Mädchen blieben bei ihrer Mutter. Die Jungen gingen mit ihrem Vater. Ich war entrüstet über dieses salomonische Urteil. Ich erhob Einwände: Und wenn ein Junge lieber bei seiner Mutter blieb, ein Mädchen lieber mit seinem Vater ging? Und wenn Geschwister nicht ohne einander leben konnten? Yvelise ließ sich nicht davon abbringen. Sie wusste Bescheid: Ihre Mutter drohte oft, sich von ihrem Vater scheiden zu lassen.

Einige Tage danach kam meine Mutter fassungslos von der Schule heim. Wir hörten sie in ihrem Schlafzimmer toben. Sie hatte gute Gründe! Zu Beginn der Pause hatten ihr Kolleginnen, die vom Unglück ihrer Tochter gehört hatten, ihr tiefes Mitgefühl ausgesprochen. Sie hatte es sehr von oben herab zur Kenntnis genommen und sie schroff angefahren. Von welchem Unglück sprachen sie? Von der baldigen Scheidung ihrer Tochter? Ach was! Joris Tertullien hatte, indem er Émilia verließ, ein weiteres Mal bewiesen, wie unverantwortlich die Männer der Antillen waren.

Ab dem nächsten Tag ergoss sich eine Flut von Nachbarinnen in unser Haus. Meine Mutter war kaum erst aus der Schule zurückgekehrt, als die Besucherinnen bereits an die Tür klopften. Schließlich hielt sie Salon und saß bis zum Abendessen kerzengerade auf dem Ecksofa. Es kamen vor allem Mütter, die für ihre Kinder ein ähnliches Schicksal wie das von Émilia befürchteten oder schon beklagten. Aber es waren auch alte Jungfern darunter, auf der Strecke Gebliebene, betrogene oder geschlagene Gattinnen: alle möglichen verbitterten und erzürnten Frauen, die bereit waren, Gift und Galle gegen die Männer zu spucken. Meine Mutter verstand diesen Andrang nicht als Anteilnahme. Sie war im Gegenteil der Ansicht, dass diese Frauen kamen, um den Anblick des Leids zu genießen, das ihr das Missgeschick ihrer Tochter bereitete, um sich daran zu weiden und zu ergötzen. Deshalb versetzten diese Besuche sie Abend für Abend in eine mit Bitterkeit vermischte Wut.

Als der Strom der Besucherinnen langsam nachließ und meine Mutter wieder an anderes denken konnte als nur daran, ihre Rolle würdig auszufüllen, kam eine Frage auf. Woher stammte das Leck? Wer hatte eine Information durchsickern lassen, die nach dem festen Entschluss meiner Eltern noch lange geheim bleiben sollte? Meine Tränen klagten mich an. Ich gestand kleinlaut, dass ich mich meiner unzertrennlichen Yvelise anvertraut hatte. Allen war klar, dass Yvelise die Neuigkeit Lise berichtet hatte, der sie zu pikant erschienen war, um sie egoistisch für sich zu behalten: Sie hatte sie mit ihren Kolleginnen von der Dubouchage-Schule geteilt, und von dort hatte die Nachricht sich in ganz La Pointe verbreitet. Um der Wahrheit willen muss ich vermerken, dass weder mein Vater noch meine Mutter mir ein Haar krümmte. Ich wurde weder bestraft noch misshandelt. Dennoch fühlte ich mich beschämter und verletzter, als wenn mein Vater seinen Gürtel gelöst und mir eine Tracht Prügel verabreicht hätte, wie er sie für Sandrino bereithielt. Meine Eltern wiederholten mir das schon viele Male gehörte Lied. Wir waren von allen Seiten belagert. Scheidung. Notlage. Krankheit. Finanzdefizit. Scheitern in der Schule. Sollten solche unmöglichen Fälle eintreten, durfte nichts davon durchsickern, weil sonst, wie ich es gerade mitbekommen hatte, unsere Feinde unser Unglück ausnutzen würden. Das Leitmotiv kehrte zurück. Wie kam es, dass ein so begabtes kleines Mädchen wie ich das nicht verstand? Warum war ich so böswillig?

Niemals habe ich ein Wort des Mitleids für Émilia gehört. Nie habe ich erfahren, was das traurige Ende ihrer Verbindung mit Joris verursacht hatte. Im Grunde kümmerte sich niemand darum. Émilia war schuldig. Das Scheitern ihrer Ehe mit dem Erben der Familie Tertullien entzog meinen Eltern einen zusätzlichen Glorienschein. Es schlug eine Bresche in die hochmütige Festungsmauer, mit der unsere Familie sich zu umgeben gedachte. Aus diesem Grund konnte niemand sie bedauern.

NAHAUFNAHME

Meine Mutter unterhielt nur mit einem ihrer Cousins aus Marie-Galante regelmäßige Verbindungen. Er war zwanzig Jahre jünger als sie und hörte auf den himmlischen Namen Séraphin. Ein dicker, schweigsamer und gehemmter junger Mann, der schon von Weitem seine ländliche Herkunft verriet. Französisch nahm in seinem Mund kreolische Züge an, und er verhedderte sich sowohl bei den Artikeln als auch bei den besitzanzeigenden Fürwörtern. Mein Vater überließ ihm bereitwillig seine abgetragenen Sachen, und wenn er am Sonntag zum Essen zu uns kam, erschien er in neubesohlten Schuhen und Hemden mit abgewetzten Kragen und Manschetten, die wir wiedererkannten. Zu den Geburtstagen meiner Mutter, die er mit feierlichem Ernst als seine Wohltäterin betrachtete, erschien er stets mit einem Strauß rosafarbener Rosen. Dieser respektvolle junge Mann wurde zum Gespött meiner Geschwister, weil er, jedes Mal, wenn meine Mutter ihm bei den sonntäglichen Mahlzeiten eine zweite Portion anbot, höflich den Kopf schüttelte und antwortete:

»Danke, Cousine Jeanne, ich bin gesättigt!«

Ich indes mochte ihn gern. Ich nehme an, dass ich ein bisschen Mitleid mit ihm hatte. Wenn er auf das Mittagessen wartete, flüchtete er sich in mein Zimmer, weil niemand sich bereitfand, mit ihm zu reden, und zog Geschenke aus seinen Taschen: geschnitzte Flöten aus Bambusstäben, Ochsenkarren aus Avocadokernen, einmal eine aus einem Litschikern geschnittene Friedenspfeife, die wie gelackt wirkte. Ich bin sicher, dass er die Begeisterung geweckt hat, die ich für Marie-Galante empfinde. Sein Vater war Hobler in Saint-Louis, und er schilderte mir die Hobelspäne, die sich mit dem Duft frischen Holzes um sein Handgelenk zur Schleife rollten. Er schilderte mir auch die bärtigen Ziegen, die in den Dornenbüschen herumsprangen, die Höhlen, deren Wände so schwindelerregend waren wie die der Hölle, und um alles herum das violette Reich des Meeres. Ich gab es auf, ihn über meine Mutter zu befragen. Er wusste nichts über sie. Als er mit siebzehn Jahren seine flache Insel verließ, hatten seine Eltern sich ein Herz gefasst. Sie hatten ein Bittgesuch an diese Verwandte gerichtet, der sie zwar niemals begegnet waren, von der man ihnen aber so viel erzählt hatte. Dank meiner Mutter hatte Séraphin als mustergültiger Angestellter alle Stufen des Post- und Fernmeldedienstes erklommen, woran sie gern erinnerte.

Jahr für Jahr sahen wir Séraphin – und er uns – größer werden. Wir sahen ihn heiraten. Eines Sonntags brachte er seine Braut Charlotte mit. Sie stammte nicht aus Marie-Galante, sondern aus der Region Les Grands-Fonds auf Grande-Terre. In ihrem granatroten Kleid mit Puffärmeln passte sie gut zu ihm, ebenso beleibt wie er mit einem ebenso dicken Hintern. Es war unverkennbar, dass Sandrino, der auf der anderen Seite des Tisches saß, sie mit seinen Augen, denen nichts entging, lähmte und die Manieren meiner Eltern sie verschreckten. Aus Angst, irgendeinen Grammatikfehler zu machen, sagte sie während der gesamten Mahlzeit keinen Ton. Sie begnügte sich damit, ein paar unverständliche Worte von sich zu geben, als man ihr zum zweiten Mal von der Ochsenzunge mit Kapern anbot, auf die Adélia so stolz war. Nach vielen Beratungen kam die Familie am Ende überein, dass sie gemurmelt hatte:

»Das reicht mir.«

Da ich bei allen Pflichtveranstaltungen dabei sein musste, schleppten meine Eltern mich mit zur Hochzeit von Séraphin und Charlotte. Die Trauung fand in der Kirche Saint-Jules in dem Stadtteil, der L'Assainissement, das »Sanierungsviertel«, genannt wurde, statt. Ich war kaum jemals weiter als bis zur Place de la Victoire gekommen und überquerte den Vatable-Kanal nur im Auto, wenn wir zur Erholung nach Sarcelles fuhren. Daher befand ich mich erst zum zweiten Mal in einem Arbeiterviertel. L'Assainissement bot damals ein seltsames Mosaik. Es war zugleich ein Sammelsurium elender unbemalter, manchmal direkt auf den steinigen Boden gesetzter Holzhütten und eine riesige Baustelle, aus der, wie man hoffte, moderne Gebäude wie ein Grand Hotel, das Gebäude der Bank von Guadeloupe und eine Klinik entstehen würden. Die Kirche Saint-Jules mit ihrer durch die Witterungseinflüsse verblichenen Holzfassade und ihrem Dach in Form eines Schiffrumpfs war für mich ein Wunderwerk. Trotz der Elendshütten um sie herum erschien sie mir als ein Ort wahrer und ungekünstelter Frömmigkeit. Sie war überreich geschmückt mit frischen Blumen, Lilien, Tuberosen, Gardenien, und ließ alles Tageslicht durch die hohen Fenster in Spitzbogenform herein. Die Familie von Séraphin und Charlotte, zwei Sippen mit jeweils etwa fünfzig Mitgliedern, wirkte lächerlich in ihrem Sonntagsstaat. Dennoch brachte ich es nicht übers Herz, über diese Taftkleider und Spitzen zu lachen. Im Gegenteil! Ich empfand eine tiefe Sympathie für jene Mädchen meines Alters, denen die Haare mit heißem Eisen und weißer Vaseline in kleine Löckchen gelegt worden waren, stolz wie Oskar in ihren Kleidern aus glänzendem Satin und hochhackigen Lackschuhen. Ich hätte mich gern unter sie gemischt. Ich wäre gern in einen der gecharterten Busse eingestiegen, die die Hochzeitsgesellschaft sofort nach dem Ende der Zeremonie in die Grands-Fonds fahren würden. Ich stellte mir das gewaltige Gelage vor: Blutwurst, Ziegen-Colombo, Tintenfisch, große Fechterschnecken, reichlich Rum, Gelächter, das Orchester, das ausgelassene Biguines spielte. Alle Vergnügungen, die ich kennengelernt hatte, kamen mir im Vergleich dazu fade vor. Kurz nach ihrer Eheschließung verschwanden Séraphin und Charlotte. Meine Mutter ließ uns wissen, dass Séraphin sehr weit weg von La Pointe in den Norden von Grand-Terre versetzt worden war. Nach Anse-Bertrand oder nach Petit-Canal. Mehrere Jahre lang erhielt meine Mutter von ihnen eine Menge Fotos, die sie mit Datum versah und in ihre Alben einordnete. Fotos von ihren Kindern, Jungen, die schnell nacheinander geboren waren. Anfangs bewunderten wir sie splitternackt auf dem Bauch liegend. Dann im Matrosenanzug auf ihren strammen Beinen. Schließlich erfuhr meine Mutter in einem Juli, den wir in Sarcelles verbrachten, durch einen Brief, dass Séraphin nun das Postamt von Sainte-Marie leitete. Sie hielt das für eine günstige Nachricht. Sainte-Marie war nur ungefähr fünfzehn Kilometer von Sarcelles entfernt. Damals kündigte man seinen Besuch in Guadeloupe nicht an. Mehr oder minder nahe Verwandte, enge Freunde oder Bekannte kamen ohne Vorwarnung und erwarteten, mit einem Lächeln empfangen zu werden. Wunderbarerweise war das immer der Fall. Deshalb fand meine Mutter es ganz normal, an einem Sonntag nach der Messe Séraphin und Charlotte zu überraschen. Man packte in den Citroën Körbe mit Gemüse und Früchten aus dem Obstgarten, Bourbonnais-Orangen, Apfelfeigen, Stachelanonen. Carmélien, unser Faktotum, setzte sich hinter das Steuer, denn mein Vater litt an grauem Star, der ihm die Pupillen bläulich färbte, und fuhr nicht mehr. Wir brauchten über eine Stunde, um die wenigen Kilometer am Meer entlang zurückzulegen. Die Straße war tückisch und kurvig. Meine ängstliche Mutter überwachte fieberhaft die Tachonadel. Sainte-Marie wäre nur ein unbedeutender Punkt auf der Landkarte gewesen, wenn nicht die Karavelle von Christoph Kolumbus 1493 dort angelegt hätte. Deshalb befand sich ein Denkmal unseres Entdeckers in der Mitte eines kleinen Platzes mit dem Namen Platz der Erinnerung. Séraphin und Charlotte wohnten hinter dem Postamt in einem ziemlich ungepflegten Haus, die Veranda war mit Fahrrädern und allerlei ausgedienten Geräten vollgestellt. Carmélien konnte noch so laut hupen, meine Mutter laut rufen, niemand zeigte sich. Nach einer Weile beschloss sie hineinzugehen, ich hinterher, und es kam uns bereits im Eingang so vor, als wenn etwas nicht stimmte: Das Wohnzimmer war unglaublich schmutzig und unordentlich, ein richtiger Saustall. Aus einem der Zimmer kamen abwechselnd Stöhnen und heftiges, heiseres Wehgeschrei. Man hätte glauben können, für ein Schwein sei der fatale Samstag gekommen und es blute nun an den Beinen aufgehängt über einer Wanne aus. Beunruhigt rief meine Mutter in den Raum:

»Ist da jemand?«

Endlich tauchte Séraphin aus einem der Räume auf. Eine Metzgerschürze um die Hüften, bärtig, zottig, das Gesicht aufgedunsen. Er war noch dicker geworden. Als er meine Mutter erkannte, schien er betroffen zu sein und begann zu weinen:

»Cousine Jeanne! Cousine Jeanne!«

Es zeigte sich, dass Charlotte in diesem Augenblick ihr viertes Kind gebar. Da es Sonntag war, hatte Séraphin die Hebamme nicht erreichen können. Charlotte verlor literweise Blut, war ermüdet, konnte nicht mehr pressen. Séraphin gab sich, unterstützt vom Dienstmädchen, zwar viel Mühe, jedoch umsonst. Ich habe bereits gesagt, dass es meiner Mutter nicht an Selbstsicherheit mangelte. Ohne Zaudern stellte sie ihre Handtasche beiseite, nahm den Hut ab und zog Séraphin mit ins Schlafzimmer. Ich blieb zögerlich im Wohnzimmer und fragte mich, was ich mit mir anfangen sollte. In einem alten Regal standen zwar Bücher. Aber konnte ich mich in einem solchen Fall einfach hinsetzen und zu lesen beginnen? Da hörte ich Lachen, unterdrücktes Geflüster. Ich öffnete eine andere Tür. Aufrecht auf einem Bett drängelten sich drei Kinder, weder größer noch dicker als Guineagrasbüschel, und bogen sich vor Lachen an einer Art Luke in der Wand. Als sie mich sahen, stoben sie in alle Richtungen auseinander. Ich ging näher heran. Machte es wie sie und steckte meine Nase in die Luke.

Ich, die ich mit verbundenen Augen lebte, da meine Mutter mit mir nie über etwas sprach, weder über Regeln noch Monatsblutungen, ich, die ich mich auf das Geschwätz von Yvelise hatte verlassen müssen, um herauszufinden, dass die Kinder nicht ausstaffiert mit rosa oder blauen Jäckchen aus Kohlköpfen kamen, ich sah nun mit eigenen Augen in Nahaufnahme und Lebensgröße eine Geburt. Ein ekelerregender Geruch drang mir in die Nasenlöcher. Riesig wie ein Zeppelin lag Charlotte, Arme und Beine von sich gestreckt, auf ihrem Bett. Ihr klaffend offenes Zentrum pisste Blut wie ein Gartenschlauch. Ihrem Mund entwich eine ständige Klage »*An moué! An moué!*«*, regelmäßig unterbrochen von Schreien, die einen zu Eis erstarren ließen. Eine Dienerin, auch sie mit einer Metzgerschürze, lief jammernd und händeringend um das Bett herum. Meine Mutter wickelte sich in ein Handtuch, schob alle Leute beiseite und rief gebieterisch:

»*Ou kaye pousé à pwézan!*«**

Zum ersten Mal hörte ich sie kreolisch reden. Trotz des widerlichen Gestanks, trotz des Anblicks von all dem Blut hielt mich eine grauenhafte Faszination an der Luke. Die drei Kinder, die keinen Moment des Spektakels versäumen wollten, suchten ihren Aussichtsposten zurückzuerobern, und ich stritt mich mit ihnen um den Platz. Im Moment heulte Charlotte ununterbrochen. Ich sah den Kopf des Kindes auftauchen. Ich sah ihn heraustreten. Ich sah es vollständig wie einen Wurm, klebrig von Schleim und Fäkalien. Ich hörte seinen ersten Schrei, während Séraphin außer sich rief:

»*An ti fi! Mèsi Bon Dié!*«***

Mehr davon konnte ich nicht verkraften und verlor sanft das Bewusstsein. Die Kinder brachten mich un-

* Hilfe! Hilfe!

** Press jetzt!

*** Ein Mädchen! Gott sein Dank!

sanft wieder zu mir, indem sie mir einen Krug Wasser ins Gesicht schütteten. Als wieder Ordnung eingekehrt war, das Neugeborene in seinem Babykorb lag und die Wöchnerin ein seidenes Nachthemd anhatte, standen meine Mutter und ich uns gegenüber, und sie seufzte:

»Was für ein Besuch! Mein armer Liebling, was hast du inzwischen gemacht?«

Ich gab vor, einen Roman, der da herumlag, gelesen zu haben. Ich bin sicher, dass sie sich nicht täuschen ließ. Ich sah noch mitgenommen aus, mit schwacher Stimme und schlotternden Beinen. Sie wechselte schnell das Thema und begann zu kritisieren, wie Séraphin und Charlotte ihr Haus führten. Hatte ich den Schmutz gesehen? Offenbar war das gute Beispiel, das sie ihnen jahrelang gegeben hatte, nutzlos gewesen. Als ich Sandrino die Sache erzählte, war er äußerst gedemütigt, nicht dabei gewesen zu sein. Mit einem Mal überholte ihn seine jüngste Schwester. Ich war an einer Erfahrung reich geworden, die er noch längst nicht besaß.

Das an diesem Tag geborene Kind wurde auf den Namen Maryse getauft. Ich wurde zur Patin gewählt.

SCHULWEG

Ich war wohl dreizehn Jahre alt. Noch ein Aufenthalt im »Mutterland«. Der dritte oder vierte seit Kriegsende. Ich war immer weniger davon überzeugt, dass Paris die Hauptstadt des Universums sei. Trotz des wie am Schnürchen geregelten Lebens, das ich dort führte. Mir fehlte das zum Blau des Hafens und des Himmels offene La Pointe. Ich trauerte Yvelise, meinen Kameradinnen vom Lycée und unseren Spaziergängen unter den Sandbüchsenbäumen der Place de la Victoire nach, der einzigen Zerstreuung, die uns bis sechs Uhr erlaubt war. Denn dann bricht die Finsternis herein, und nach Meinung meiner Eltern konnte alles geschehen. Von jenseits des Vatable-Kanals konnten sich Männer mit gierigem Geschlechtsteil Jungfrauen aus guter Familie nähern und ihnen respektlos mit obszönen Worten und Gesten begegnen. Mir fehlten in Paris auch die Liebesbriefe, die die Jungen mir trotz aller Schranken, die um mich herum aufgerichtet waren, immer wieder zustecken konnten.

Paris war für mich eine Stadt ohne Sonne, ein Gefängnis aus trockenen Steinen, ein U-Bahn- und Autobusgewirr, worin die Leute ungeniert ihre Meinung über meine Person äußerten:

»Ist sie niedlich, die kleine Negerin!«

Es war nicht das Wort »Negerin«, das mich verletzte. Es war damals üblich. Es war der Tonfall. Überraschung. Ich war eine Überraschung. Die Ausnahme von einer Rasse, die die Weißen hartnäckig für abstoßend und barbarisch hielten.

In diesem Jahr, in dem meine Geschwister die Universität besuchten, spielte ich die Rolle des Einzelkindes, die mir schwer zu schaffen machte, denn sie trug mir ein Übermaß an mütterlicher Aufmerksamkeit ein. Ich war Schülerin im Lycée Fénelon, einen Katzensprung entfernt von der Rue Dauphine, in der meine Eltern eine Wohnung gemietet hatten. In dieser renommierten, aber strengen Penne hatte ich es, wie üblich, mit allen Lehrern durch meine Respektlosigkeit verdorben. Dagegen und aus demselben Grund hatte ich den Status einer Anführerin erlangt und ziemlich viele Freundinnen gewonnen. Gemeinsam zogen wir durch ein Geviert, das durch den Boulevard Saint-Germain, den Boulevard Saint-Michel, die trüben Wasser der Seine und die Kunstläden der Rue Bonaparte eingegrenzt wurde. Wir hielten vor dem *Tabou* inne, das noch die Erinnerung an Juliette Gréco umwehte. Wir blätterten bei La Hune* in Büchern. Verstohlen beobachteten wir Richard Wright, massiv wie ein Bonze, auf der Terrasse des Café de Tournon. Gelesen hatten wir nichts von ihm. Aber Sandrino hatte mir von seinem politischen Engagement und seinen Romanen *Black boy*, *Native Son* und *Fishbelly* erzählt. Das Schuljahr ging endlich zu Ende, und das Datum für die Rückkehr nach Guadeloupe rückte heran. Meine Mutter hatte alles gekauft, was zu kaufen war. So füllte mein Vater methodisch große, grün bemalte Blechkoffer. Im Lycée Fénelon waren Klamauk und Faulheit unbekannte Praktiken. Dennoch war in den Klassenräumen nach Abschluss des Unterrichtsprogramms eine gewisse

* Bekannte Buchhandlung.

Leichtigkeit, ja ein gewisser Frohsinn zu spüren. Eines Tages hatte die Französischlehrerin eine Idee:

»Maryse, halten Sie uns ein Referat über ein Buch aus ihrem Land.«

Mlle. Lemarchand war die einzige Lehrerin, mit der ich mich ziemlich gut verstanden hatte. Mehr als einmal hatte sie mir zu verstehen gegeben, dass ihr Unterricht über die Philosophen des 18. Jahrhunderts ganz speziell an mich gerichtet war. Sie war Kommunistin, wir hatten uns ihr Foto auf der ersten Seite der *Huma** von Hand zu Hand weitergereicht. Zwar wussten wir nicht genau, was die kommunistische Ideologie, von der überall die Rede war, besagte. Wir ahnten aber, dass sie in vollkommenem Widerspruch zu den bourgeoisen Werten stand, die das Lycée Fénelon aus unserer Sicht verkörperte. Der Kommunismus und seine Tageszeitung *L'Huma* rochen uns nach Schwefel. Ich denke, dass Mlle. Lemarchand die Gründe für mein übles Verhalten zu verstehen meinte und mir anbot, sie zu erforschen. Indem sie mich aufforderte, über mein Land zu sprechen, wollte sie uns nicht nur unterhalten. Sie bot mir die Gelegenheit, mich von dem zu befreien, was mir ihrer Ansicht nach das Herz beschwerte. Dieser gutgemeinte Vorschlag stürzte mich jedoch in einen Abgrund der Verwirrung. Es war, daran sei erinnert, ganz zu Beginn der fünfziger Jahre. Die Literatur der Antillen hatte ihre Blütezeit noch nicht erreicht. Patrick Chamoiseau schlief unförmig im Bauch seiner Mutter, und ich hatte den Namen Aimé Césaire noch nie gehört. Über welchen Autor meines Landes konnte ich

* *L'Humanité*, Zeitung der Kommunistischen Partei Frankreichs.

sprechen? Ich rannte zu meiner gewohnten Zuflucht: Sandrino.

Er hatte sich sehr verändert. Ohne, dass man es wusste, zerfraß ihn heimtückisch der Tumor, der ihn hinraffen sollte. Alle seine Geliebten hatten ihn verlassen. Er lebte in äußerster Einsamkeit in einer schäbigen möblierten Unterkunft in der Rue de l'Ancienne-Comédie, neunter Stock ohne Aufzug, denn mein Vater hatte ihm in der Hoffnung, ihn so wieder in die Hörsäle der juristischen Fakultät zurückzubringen, den Unterhalt gestrichen. Er kam sehr schlecht mit dem Geld über die Runden, das meine Mutter ihm heimlich schickte, und tippte abgemagert, außer Atem und kraftlos auf einer schwergängigen Schreibmaschine mit drei Fingern Manuskripte, die die Verleger ihm mit stereotypen Formulierungen zurückschickten.

»Sie sagen mir nicht die Wahrheit«, wütete er. »Meine Ideen machen ihnen Angst.«

Denn auch er war selbstverständlich Kommunist. Ein Foto von Josef Stalin mit prächtigem Schnurrbart schmückte seine Zimmerwand. Er war sogar zu einem Weltfestspiel der kommunistischen Jugend nach Moskau gefahren und voll Bewunderung für die Kuppeln des Kreml, den Roten Platz und Lenins Mausoleum zurückgekehrt. Wie in der Vergangenheit ließ er mich seine Romane nicht lesen, und ich bemühte mich erfolglos, die Titel auf der Rückseite abgenutzter Mappen zu entziffern. Für mich versuchte er trotz allem, sein strahlendes Lächeln wieder aufzusetzen, und benahm sich wieder wie der beruhigende große Bruder. Wir stöberten in seinen Büchern, die unordentlich aufgetürmt auf den Möbeln und im Staub des Fußbodens lagen. *Herr über den Tau* von Jacques Roumain. Es ging um Haiti. Ich müsste den Voodoo erläutern und von einer Menge Dinge sprechen, die ich nicht kannte. *Der Flammenbaum* von Edris Saint Amand, einem seiner letzten Freunde, ebenfalls Haitianer. Wir verzweifelten schon beinahe, als Sandrino auf einen Schatz stieß. *Straße der Kindheit* von Josef Zobel. Das war Martinique, aber Martinique ist die Schwesterinsel von Guadeloupe. Ich nahm *Straße der Kindheit* mit und schloss mich mit José Hassan ein.

Wer die *Straße der Kindheit* nicht gelesen hat, hat vielleicht den Film gesehen, den Euzhan Palcy davon gedreht hat. Es ist die Geschichte eines jener *petits nègres*, die meine Eltern so sehr fürchteten, der unter den Schrecken des Hungers und der Entbehrungen auf einer Zuckerrohrplantage aufwächst. Während seine Mutter sich bei *békés** in der Stadt verdingt, opfert sich seine Großmutter Man Tine, eine Zuckerrohrbinderin in einem flickengepolsterten Kleid, für seine Erziehung auf. Sein einziger Ausweg ist Bildung. Glücklicherweise ist er intelligent. In der Schule arbeitet er gut mit und ist im Begriff, den Status des Kleinbürgers zu erwerben, als seine Großmutter stirbt. Ich habe heiße Tränen geweint, als ich die letzten Romanseiten las, meiner Meinung nach die schönsten, die Zobel jemals geschrieben hat:

> Es waren ihre Hände, die vor mir auf dem Weiß des Lakens erschienen. Ihre schwarzen, geschwollenen, verhärteten Hände, rissig in jeder Falte, und in jedem Riss unauslöschlicher Schmutz. Verkrustete, in alle

* Bezeichnung für die weißen Kreolen auf Martinique.

Richtungen verkrümmte Finger, an den Enden abgewetzt und versteift durch Fingernägel, die dicker, härter und unförmiger als Hufe waren ...

Mir kam diese ganze Geschichte vollkommen exotisch, surrealistisch vor. Mit einem Schlag fielen die Last der Sklaverei, des Menschenhandels, der kolonialen Unterdrückung, der Ausbeutung des Menschen durch den Menschen, der Vorurteile gegen Farbige, über die nie irgendjemand, außer gelegentlich Sandrino, mit mir gesprochen hatte, auf meine Schultern. Natürlich wusste ich, dass die Weißen nicht mit den Schwarzen verkehrten. Ich führte das jedoch wie meine Eltern auf ihre Dummheit und ihre unergründliche Verblendung zurück. So hatte Élodie, meine Großmutter mütterlicherseits, mit weißen Kreolen in Verbindung gestanden, die zwei Kirchenbänke entfernt von uns saßen und niemals den Kopf zu uns umwandten. Bedauerlich für sie! Denn sie brachten sich um das Glück einer Bekanntschaft mit meiner Mutter, der Erfolgsgeschichte ihrer Generation. Ich konnte mir keinerlei Vorstellung vom finsteren Universum der Plantage machen. Die einzigen Momente, in denen ich der ländlichen Welt hätte begegnen können, beschränkten sich auf die Schulferien, die wir in Sarcelles verbrachten. Meine Eltern besaßen in dem damals ruhigen Winkel von Basse-Terre ein Sommerhaus für die Luftveränderung und ein recht schönes Grundstück, das in der Mitte von dem Fluss durchschnitten wurde, der dem Ort seinen Namen gab. Dort spielten mit Ausnahme meiner Mutter, die mit sorgfältig entkrauster Frisur unter dem Haarnetz und Goldperlenkette um den Hals stets vornehm reserviert blieb, einige Wochen lang alle den *bitako**. Da es kein fließend Wasser gab, rieben wir uns bei der Zisterne splitternackt mit Blätterbüscheln ab. Unsere Notdurft verrichteten wir in einen *toma***. Abends spendete uns eine Petroleumlampe Licht. Mein Vater schlüpfte in Hose und Hemd aus Khaki Drill, schützte den Kopf mit einem Strohhut und bewaffnete sich mit einem Buschmesser, mit dem er kaum mehr als Guineagras absäbelte. Wir Kinder, außer Rand und Band vor Glück, dass wir unsere Zehen auslüften und unsere alte Kleidung beschmutzen und zerreißen konnten, rannten auf der Suche nach schwarzen Kokospflaumen und rosa Guaven durch die Savannen. Die grünen Zuckerrohrfelder schienen uns einzuladen. Gelegentlich reichte uns ein Bauer, eingeschüchtert, weil wir wie kleine Städter aussahen und französisch sprachen, respektvoll eine Blumenrohrknolle, und wir rissen gierig ihre lilafarbene Rinde auf.

Ich bekam jedoch Angst, ein derartiges Geständnis abzulegen. Ich bekam Angst, den Abgrund zu enthüllen, der mich von José trennte. Nach Ansicht dieser kommunistischen Lehrerin, nach Ansicht der ganzen Klasse waren die wahren Antillen jene, die ich durch meine Schuld nicht kannte. Ich empörte mich zunächst und dachte mir, die Identität sei wie ein Kleidungsstück, das man wohl oder übel anziehen musse, ob es einem steht oder nicht. Dann gab ich dem Zwang nach und zog die alten Klamotten über, die mir angeboten wurden.

* Bauer.

** Irdener Nachttopf.

Einige Wochen später hielt ich vor der Klasse, die an meinen Lippen hing, ein glänzendes Referat. Seit Tagen hatte sich mein vor Hunger gurgelnder Bauch aufgebläht. Meine Beine hatten sich gekrümmt. Meine Nase hatte sich mit Rotz gefüllt. Mein Wuschelhaar hatte sich unter der Wirkung der Sonne rötlich verfärbt. Ich war zu Josélita, der Schwester oder Cousine meines Helden, geworden. Zum ersten Mal las ich mich in einem Leben fest. Bald sollte ich Gefallen daran finden.

Heute deutet für mich alles darauf hin, dass, was ich später ein wenig pompös »mein politisches Engagement« nannte, in diesem Moment meiner erzwungenen Identifizierung mit dem unglücklichen José entstanden ist. Die Lektüre von Joseph Zobel hat mir die Augen weiter geöffnet als theoretische Diskurse. Dabei habe ich verstanden, dass das Milieu, dem ich angehörte, überhaupt nichts zu bieten hatte, und eine Abneigung dagegen gefasst. Seinetwegen war ich geschmack- und duftlos, ein schlechter Abklatsch der kleinen Franzosen, mit denen ich verkehrte.

Ich war »Schwarze Haut, weiße Masken«, und Frantz Fanon* sollte für mich schreiben.

* Aus Martinique stammender Psychiater, Politiker und Schriftsteller (1925–1961). In *Schwarze Haut, weiße Masken* (1952) analysiert er die Entfremdung der Schwarzen in einer rassistischen Gesellschaft.

FERIEN IM WALD

In jenem Jahr veranlasste die Arthrose meiner Mutter meine Eltern, Sarcelles links liegen zu lassen und ihre Sommerfrische in Gourbeyre zu verbringen, da die Thermalquelle von Dolé-les Bains in höchsten Tönen gelobt wurde. Ich nahm den Gedanken begeistert auf, denn Sarcelles war mir auf Dauer zu vertraut geworden. Ich kannte seine kleinsten Winkel und Ecken, den Lauf seines blutegelverseuchten Flusses, seine Senken, in denen Guaven und Kokospflaumen wuchsen, und den Geschmack aller Mangosorten, die dort vorkamen: *mangot fil*, *mangues Amélie*, *mangues Julie*, *mangot bèf*, *mangues pomme* und *mangues greffées*. Als ich klein war, waren meine Spielgefährten außer Sandrino die drei mutterlosen Kinder des Hausmeisters. Jetzt waren wir groß geworden, und ich verstand nicht mehr zu spielen.

Gourbeyre liegt im Süden von Basse-Terre. Ich erinnere mich, dass man einen ganzen Tag bis dorthin brauchte, obwohl es von La Pointe nicht mehr als sechzig oder siebzig Kilometer entfernt war. Meine Mutter weckte mich, als sie von der Frühmesse zurückkehrte, und am frühen Morgen machten wir uns in dem mit Körben, Koffern und Kisten beladenen Auto auf den Weg. Ein echter Umzug! Hinter der Rivière-Salée bot die Strecke zunächst keine Überraschung. Eine angenehme und ebene Strecke. Ein Horizont sattgrüner an den Himmel angelehnter Hügel. Hängebrücken über eingeschlafenen Flüssen. Herumspringende Ziegen mit gespitzten Ohren. Buckelochsen, die den Autos melancholisch hinterhermuhten. Am Eingang von Capesterre, das noch nicht Belle-Eau hieß, riss mich plötzlich der ungewöhnliche Anblick eines indischen Tempels in den bunten Farben Mariammans* aus meinem Dösen. War das auch Guadeloupe?

Um uns herum veränderte sich die Landschaft. Hügel rundeten ihre Bäuche. Plantagen von Bananen mit langen glänzenden Blättern traten an die Stelle von Zuckerrohrfeldern und stiegen auf den Höhen terrassenförmig an. Wasserfälle überspülten den Straßenrand. Die Luft wurde frisch. In einer Kurve trafen wir auf das Panorama der Saintes-Inseln, Terre de Haut, Terre de Bas, die im Kreis auf dem Blau des Meeres saßen. Ich betrachtete sie gebannt und ahnte auf einmal, dass ich, ohne es zu wissen, in einem Winkel des irdischen Paradieses geboren war. Das Haus, das meine Eltern in Gourbeyre gemietet hatten, bot einen sehr bescheidenen Anblick. Meine Mutter kränkte nicht etwa, dass es einen gründlichen Anstrich nötig hatte, seine Veranda zu schmal war, das Wasser nicht in die Dusche hochstieg, die WCs sich in einem üblen Verschlag hinten im Hof befanden und die Wasserhähne der Küche tropften, sondern dass es neben einem Laden, kaum größer als eine Handfläche, aber gut sortiert, lag, in dem alles verkauft wurde: Kekse aus feinstem Mehl, Maniokmehl, Stockfisch, Petroleum, Terpentinöl und vor allem, zum größten Glück der Trunkenbolde der Gegend, roquillenweise** Rhum Agricole. Das wurde uns am nächsten Tag beim Erwachen klar, als ein be-

* Hindugöttin.

** Roquille: altertümliches Hohlmaß, etwa 30ml.

reits angetrunkener Kunde einen Wortwechsel mit der Kassiererin hatte. Letztlich war die Sache banal. Wie so viele Urlauber in aller Welt waren meine Eltern durch eine irreführende Reklame getäuscht worden. Die »herrliche Aussicht« der Werbung ging auf eine Mauer, und die »fünf Minuten zum Strand« beliefen sich auf einen dreiviertelstündigen Fußmarsch. Wenn sie den Missgriff als so grausam empfanden, dann weil es für sie einen sozialen Abstieg bedeutete, beengt in vier Zimmern eines fast schon elenden Hauses und Wand an Wand mit einem *lolo** zu wohnen. Dem Anschein nach fielen sie auf die gefürchtete Stufe der *petits nègres* zurück. Nach der damaligen starren Sozialgeografie gehörten die Regionen Trois-Rivières, Gourbeyre und Basse-Terre den Mulatten. Saint-Claude und Matouba waren Hochburgen der weißen Kreolen, um die sie sich mit den Indern stritten. Meine Eltern ihrerseits hatten ihren Platz in Grand-Terre. Dort waren die Schwarzen groß geworden, hatten sich politisch wie auch auf allen anderen Gebieten durchgesetzt. Ich war noch zu jung, um sagen zu können, ob man uns absichtlich zu verstehen gab, dass wir dorthin zurückkehren sollten, woher wir gekommen waren. Ich weiß allerdings, dass wir ignoriert wurden. Wenn meine Eltern auch einen Citroën C4 fuhren, meine Mutter sich den Hals mit ihrer Goldperlenkette zuschnürte und mein Vater sich mit dem Ordensband der Ehrenlegion in Positur warf, das in La Pointe so große Wirkung ausübte, achtete doch niemand auf uns. Im Schutz der Sonnenschirme auf dem Kirchplatz schüttelten sich nach dem Hochamt alle

* Kleiner Laden.

die Hände, küssten sich und plauderten. Wir schlichen uns durch die Menge, ohne begrüßt zu werden oder zu grüßen. In der Abendkühle machten meine Eltern ihren Spaziergang entlang den Gittern eleganter Häuser, die sich niemals für sie öffneten, kehrten dann um und setzten sich auf die schäbige Veranda ihrer Mietvilla, solange es die Mücken zuließen. Um neun Uhr gingen sie nach einem Zitronenmelissetee schlafen. In ihrer Frustration legte meine Mutter sich gegen den Rat meines Vaters, der die Situation philosophisch gleichmütig betrachtete, mit der Besitzerin Mme. Durimel an. Einer Frau mit Haaren auf den Zähnen: Die Briefe, die sie uns regelmäßig genau zur Mittagessenszeit durch ihren Sohn überbringen ließ, waren ebenso bissig wie die, die sie erhielt. Diese Korrespondenz hielt unseren gesamten Aufenthalt hindurch an. Nach zwei Wochen willigte Mme. Durimel in einige Reparaturen ein. Das Duschwasser aber weigerte sich beharrlich, aus dem Duschkopf zu perlen, und wir wuschen uns wohl oder übel mit Eimern und Schüsseln im Hof. Die Dinge nahmen einen noch dramatischeren Lauf, als Marinella, die als Dienstmädchen fungierte und zusammen mit den Möbeln gemietet worden war, ein zu heißes Bügeleisen auf eine Hemdbrust meines Vaters setzte. Meine Mutter beschloss, ihre Gagen zu stutzen, woraufhin Marinella ihr kündigte und sie bei Tisch, eskortiert von Mme. Durimel, mit Beleidigungen überhäufte. Es war unglaublich. In La Pointe krochen alle vor meiner Mutter.

Ich fand Gourbeyre herrlich. Endlich war ich anonym. Niemand kannte mich dort, niemand achtete dort auf mich. Ich hätte ohne Schuhe auf der Straße herumlaufen können, wenn ich Lust dazu gehabt hätte. Während mein Vater zurückblieb, um wieder *Der Graf von Monte Christo* zu lesen, stieg meine Mutter zum Thermalbad Dolé-les-Bains hinauf, um zu baden, und nahm mich mit. Was eine lästige Pflicht hätte sein können, wurde zu einer Verzauberung. Das seit kurzem geschlossene Grand Hotel lag verborgen im Gestrüpp wie ein Dornröschenschloss. Es war eine riesige grün-gestrichene Nobelhütte aus Holz, eingefasst von zwei Balkonen. Einmal konnte ich mich ins Innere schleichen und entdeckte venezianische Spiegel, ausgefranste Teppiche und schwere, von den Termiten halb aufgefressene Möbel aus Courbarilholz. Meiner Mutter von Weitem folgend, wandelte ich im Schatten der von Epiphyten übersäten Bäume im lauen Humusduft bis zu einem Becken, das den poetischen Namen »Liebesbad« trug. Während sie mit größter Vorsicht hineinging, um ihre Beine zu benetzen, verlor ich mich wieder unter dem Gewölbe der Milch- und Seidenbäume. Ich stieß mit den Füßen an Wurzeln, die wie kleine Bögen oder Krücken aufrecht standen. Ich schlief ausgestreckt auf dem Teppich aus Moos und Flechten ein und fuhr hoch, als meine Mutter, verrückt vor Sorge, meinen Namen in alle Himmelsrichtungen schrie. Ich weiß nicht mehr, wie ich mich mit Jean und Jeannette anfreundete, Zwillingen, die in der Nachbarschaft wohnten. Ihr niedriges Haus sah kümmerlich aus, sie waren die Kinder eines Busunternehmers, der, fluchend wie ein Kutscher, die Strecke Gourbeyre-Basse-Terre-Saint-Claude bediente. Daher waren meine Eltern von dieser Freundschaft nicht sehr angetan. Aber in Anbetracht meiner Isolation konnten sie mich nicht daran hindern, mit ihnen zu verkehren. Allerdings untersagten sie mir einen Ausflug zum Vulkan La Soufrière, einen anderen auf dem Wanderweg Trace-des-Étangs, und ich wurde wütend. Ich ertrug immer schlechter ihre Art, mein Leben zu regeln. Um mich zu besänftigen, erlaubten sie mir, die Zwillinge zu einem von der Kirchengemeinde organisierten literarischen Nachmittag zu begleiten.

Das Programm war nicht sehr spannend. Vortrag der Gedichte von Emmanuel-Flavia Leopold und einer gewissen Valentine Corbin, die Dolé-les-Bains besungen hatte; eine oder zwei Szenen aus *Der eingebildete Kranke*. Ich war dennoch im siebenten Himmel zwischen Jean und Jeannette, den Mund voll mit *doukouns**. Der Saal war brechend voll. In großer Aufmachung drängten sich Väter, Mütter, Brüder, Schwestern, Onkel, Tanten, um die Talente ihrer jungen Verwandten zu beklatschen. Die Anwesenden lachten in Erwartung der Aufführung aus vollem Hals, plauderten, machten Witze. Endlich öffnete sich der Vorhang. Ich hörte die süßlichen Verse, die wir alle in der Grundschule auswendig gelernt hatten:

> Ich stamme von einer Insel, Geliebte des Winds,
> nach Zucker und Zimt duftet stets ihre Luft ...

Gleichzeitig der Lärm, die Heiterkeit. Beim Vergleich glaubte ich zu verstehen, was meinen Eltern fehlte. Diese Frauen, diese Mulattinnen, waren nicht schöner als meine Mutter, selbst wenn sie hellhäutiger und ihre üppigen Haare kunstvoll frisiert waren. Die Zähne, die

* Trockener Kuchen.

ihr Lächeln entblößte, waren nicht perlmuttfarbener. Ihre Haut war nicht samtiger. Sie waren nicht besser gekleidet. Ihr Schmuck wog nicht mehr oder war feiner verarbeitet. Diese Männer, diese Mulatten, waren nicht vorteilhafter als mein Vater. Und doch besaßen sie etwas, was meinen Eltern immer fehlen würde. Meine Eltern waren niemals natürlich. Es schien, als wären sie ständig bemüht, etwas zu beherrschen und zu kontrollieren, das in ihnen verborgen lag. Etwas, das ihnen in jedem Moment entwischen und schlimmste Schäden verursachen konnte. Was? Ich erinnerte mich an das Wort von Sandrino, dessen Sinn ich immer noch nicht richtig verstanden hatte:

»Papa und Mama sind zwei Entfremdete.«

Ich fühlte, dass ich den Kern des Problems berührte.

Der Aufenthalt in Gourbeyre dauerte sechs Wochen, die sechs Wochen der Kur. Als wir zurück in La Pointe waren, begrub meine Mutter diese Erinnerung tief in ihrem Gedächtnis und äußerte sich darüber nur durch Seufzen, Mimik und Kopfschütteln. Für mich war er im Gegenteil eine Quelle immer magischerer Erzählungen, mit denen ich Yvelise bis zum Überdruss in den Ohren lag.

ENDLICH FREI?

Zu meinem sechzehnten Geburtstag schenkten mir meine Eltern ein Fahrrad, Marke Motobécane, ein hübsches blaues Gefährt mit silbernen Schutzblechen, und daraufhin wuchsen mir Flügel.

Durch den Aufenthalt in Dolé-les-Bains hatte ich Lust bekommen, den Käfig zu öffnen, in dem ich seit meiner Geburt eingesperrt war. Ich hatte gemerkt, dass ich mein Land nicht kannte. Ich hatte gemerkt, dass mir von La Pointe nur ein enges Geviert bekannt war. Da ich immer widerspenstiger wurde, hatten meine Eltern begriffen, dass sie mir ein wenig Luft zum Atmen lassen mussten. Mein Vater sah mit achtundsiebzig Jahren praktisch nichts mehr. Während ihn im Haus unsichtbare Fäden leiteten, wurde für ihn alles verworren, sobald er hinausging. Er konnte weder Straßen überqueren noch seinen Weg finden. Da meine Mutter keine Geduld mit ihm hatte, flüchtete er sich nach Sarcelles, dem einzigen Ort, wo er sich wohlfühlte, und verbrachte seine Tage wie ein *soubawou**, ohne die Kleidung zu wechseln oder sich zu waschen. Auch meine Mutter war nicht mehr wie früher. Eine üble Grippe hatte sie fast kahl werden lassen, und sie bedeckte ihre Stirn ungeschickt mit tiefschwarzen Haarteilen, die sich deutlich vom graumelierten Rest ihres Haares abhoben. Ihre Frömmigkeit, die Sandrinos Tod ein knappes Jahr später noch verstärken sollte, war extrem geworden. Sie

* Waldschrat.

ließ keine Frühmesse, kein Hochamt, keine stille Messe, keine gesungene Messe, keine Abendmesse, kein Rosenkranzgebet, kein Laienstundengebet, keinen Kreuzweg und keine Marienandacht aus. Sie ging zu Novenen, tat Buße, fastete, ließ die Perlen ihrer Gebetskette, ihres Rosenkranzes durch die Finger gleiten, beichtete, empfing die Kommunion. Wenn sie nicht mit ihren Andachten beschäftigt war, stritt sie sich mit mir. Wegen nichts und wieder nichts. Und wegen noch einmal nichts. Ich weiß nicht mehr, was diese andauernden Streitereien hervorrief. Ich weiß nur, dass ich immer das letzte Wort hatte. Ich verletzte sie mit meinen bissigen Bemerkungen, und am Ende brach sie unweigerlich in Tränen aus und stotterte:

»Du bist eine Giftschlange!«

Leider war das berauschende Gefühl, das ich mit zehn Jahren verspürt hatte, verschwunden. Diese Tränen waren zu einem täglichen und banalen Schauspiel geworden, auf das ich gar nicht mehr achtete. Meinen ersten Jahren hatte die Anwesenheit meiner Geschwister, die sich insgeheim gegen meine Eltern verschworen hatten, Heiterkeit verliehen. Meine Pubertät hatte die Färbung eines Lebensendes. Ich fand mich zwei Alten gegenüber, deren Stimmungen ich nicht verstand. In unserem Haus herrschte die Atmosphäre einer Totenwache. Die zweite Etage war verriegelt. Türen und Fenster vernagelt, weil dort niemand mehr wohnte. Ich irrte kläglich durch eine Flucht leerer Zimmer: das von Thérèse, das von Sandrino. Ich blätterte in staubbedeckten Büchern auf den Regalen. Ich öffnete Kleiderschränke, in denen noch alte Wäschestücke herumlagen. Ich setzte mich auf Betten mit durchgelegenen

Matratzen. Es war, als streunte ich auf einem Friedhof herum, um mich an die zu erinnern, die ich verloren hatte. Jetzt war Sandrino ins Krankenhaus La Salpêtrière eingeliefert worden. Meine Mutter redete sich ein, dass seine Krankheit gutartig sei, ahnte aber den Ausgang. Sie hatte nicht die Kraft, nach Frankreich zu fahren, um ihn zu besuchen, und der Gedanke an ihn tötete sie. Thérèse wiederum rächte sich. Sie schickte seltene kurze Briefe. Sie hatte einen afrikanischen Medizinstudenten geheiratet, den Sohn eines Arztes, der in seinem Land sehr bekannt war. Dennoch waren meine Eltern, die doch so empfänglich für Prestige waren, nicht angetan gewesen. Zunächst weil ihnen Thérèse seit der Kindheit nichts recht machen konnte. Und dann, weil Afrika auf der anderen Seite der Erde, zu weit weg, liegt. Meine Mutter sprach von Undank und Egoismus. Sie hatte sich noch nicht einmal die Mühe gemacht, die Fotos von Aminata, immerhin ihrer ersten Enkeltochter, auf das Klavier zu stellen.

Mit fünfzehn Jahren besah ich mich im Spiegel und fand mich hässlich. Zum Weinen hässlich. Am Ende eines Körpers wie eine Bohnenstange ein trauriges und verschlossenes Gesicht. Die Augen kaum mandelförmig. Schlecht gekämmte spärliche Haare. Eine Lücke zwischen den Schneidezähnen, die ich keineswegs niedlich fand. Als einziger Schmuck eine samtige Haut, die die Akne nicht anzugreifen gewagt hatte. Kein junger Mann drehte mehr den Kopf nach mir um, was mich betrübte, denn ich fand langsam Geschmack an schönen Männern. Gilbert Driscoll hatte sich in einen langhaarigen Schönling verwandelt, der seine Gören im Viertel vorführte. Meine Freundinnen waren nicht zahlreicher als meine Bewunderer, denn Yvelise hatte die Schule verlassen, um für ihren Vater zu arbeiten. Wir besuchten uns nicht mehr, und meine Mutter lästerte und behauptete, dass sie sich mit Männern einließ und bald einen Bauch bekommen würde. Im Gymnasium, wo ich unverschämter denn je war, hatten Lehrer und Schüler Angst vor mir. Einsam und verlassen schliff ich Epigramme wie Pfeile, die ich auf alle niedergehen ließ. Da ich mich anschickte, den zweiten Teil des Abiturs ein Jahr im Voraus zu absolvieren, sah man in mir die Verkörperung der Intelligenz, gepaart mit Bosheit.

Nachdem ich mein Motobécane hatte, benötigte ich niemanden mehr. Ich kümmerte mich nicht mehr um meinen schlechten Ruf. Ich radelte und radelte. Bald wagte ich mich aus La Pointe hinaus. Ich entdeckte die halb vom Meerwasser überspülten niedrigen und schlammigen Küsten von Vieux Bourg am Morne-à-l'Eau, die Mangrovenküste, bevölkert von ganz in Weiß gekleideten Sumpfvögeln. Ich drang in einer anderen Richtung bis zum Strand Bas-du-Fort vor. Staunen! Ich hatte noch nie die hohen, zerfurchten Kalkklippen und den goldfarbenen Sand bewundert. Ich kannte nur den Strand von Viard mit seinem vulkanischen Sand, schwarz wie die Nägel eines schlecht gewaschenen Fußes. Dort verbrachten wir in den großen Ferien drei- oder viermal den ganzen Tag, meine Mutter in einem von ihrer Schneiderin Jeanne Repentir handgefertigten Strandanzug, während mein Vater eine lange Badehose trug, jedoch seinen weißbehaarten Oberkörper unzüchtig entblößte. Ein für die Saison in Petit-Bourg gemietetes Dienstmädchen wärmte das *colombo* auf einem zwischen vier Steinen entfachten Feuer auf, und wir machten

Picknick unter den Seemandelbäumen. Manchmal schlich in der Nähe ein Eingeborener herum und musterte neugierig das Familienbild. Ich lag stundenlang ausgestreckt auf dem Sand, konnte meinen Augen nicht trauen und schnitt Grimassen unter der brennenden Sonne. Obwohl ich Lust bekam, sprang ich nicht in das große Blau. Zwar hatte mir Sandrino ein bisschen Schwimmen nach Art der Hunde beigebracht, aber ich hatte keinen Badeanzug. Dieses Kleidungsstück sollte erst sehr spät in meiner Garderobe auftauchen, und ich war zu erwachsen, um wie früher in Unterhöschen ins Meer zu gehen. Nach Bas-du-Fort wurde ich kühner und radelte bis Le Gosier. Ich hatte schon Kunde von Virginia Woolf und ihrem *Zum Leuchtturm*. Wenn ich mir keine Geschichten mehr ausdachte, las ich zum Ausgleich gierig alles, was mir unter die Finger kam. Deshalb starrte ich auf die verlassene kleine Insel unweit der Küste im Meer. Ich verwandelte sie in einen literarischen Gegenstand, eine Kreuzung aus Traum und Verlangen. Einmal schaffte ich es mit Mühe bis nach Sainte-Anne, einer damals friedlichen Gemeinde, die keinen Tourismus kannte. Ich ließ mich am Meeresufer fallen. Die Fischer im Schneidersitz neben mir machten Witze, während sie ihre Netze ausbesserten, ohne sich um mein ungewöhnliches Aussehen zu kümmern. Die Händlerinnen boten ihren Kundinnen zusammengebundene Zacken- und Felsenbarsche an. Kinder, schwarz wie Teer, badeten vollkommen nackt. Ich schlief mit offenem Mund ein und öffnete die Augen erst im Abendtau. Der Strand um mich war leer, es herrschte Flut.

Normalerweise bemühte ich mich, vor Einbruch der Nacht nach La Pointe zurückzukehren. Zum ersten

Mal ließ ich zu, dass die Dunkelheit heimtückisch über mich herfiel. Ich hatte Angst. Angst vor der kurvenreichen Straße. Angst vor den Umrissen der plötzlich in Teufelinnen verwandelten Häuser, vor den drohenden Bäumen, den Wolkenbänken mit ausgefransten Rändern. Also raste ich los wie eine Verrückte, über die Lenkstange gebeugt, mit den Knien das Kinn berührend. Und ohne dass ich verstand warum, stieg mir meine Geschwindigkeit zu Kopf. Sie machte mich frei, erfüllte mich mit all der Freiheit, die ich bald genießen sollte. In einem Jahr würde ich, die ich mich niemals länger als zwei Wochen von meinen Eltern getrennt hatte, Guadeloupe verlassen. Diese Aussicht beflügelte und erschreckte mich. Was sollte ich studieren? Ich fühlte mich zu nichts berufen. Meine Lehrer bestimmten mich zur *hypokhâgne*, der Vorbereitungsklasse für die Elitehochschulen, ich würde damit an das Lycée Fénelon zurückkehren. Das hieß, ein Gefängnis gegen ein anderes einzutauschen. Dennoch sah ich jenseits des Gefängnisses, das man für mich plante, Türen, durch die ich entschlüpfen konnte. Als ich außer Atem in der Rue Alexandre Isaac ankam, spähte meine Mutter schon vom Wohnzimmer aus nach mir. Sie begann mit ihren Verwünschungen. Was musste ich wie eine Verrückte in der Sonne herumrasen? War ich nicht ohnehin schon hässlich und schwarz genug? Wie eine Kongo* sah ich aus. Wenn ich auf der Suche nach einem Mann war, dann bemühte ich mich vergeblich.

Ohne sie anzusehen, ging ich an ihr vorbei nach oben und schloss mich in meinem Zimmer ein. Sie plapperte

* Bezeichnung für eine sehr dunkelhäutige Person.

weiter. Außer Atem verstummte sie nach einer Weile und stieg unter endlosen Schwierigkeiten selbst in den ersten Stock hinauf, denn sie war mit der Arthrose, die sie mir vererbt hat, immer lahmer geworden. Ich hörte, wie sie an Möbel stieß, sich ihren Platz in ihrem Bett suchte, das knackte wie ein auslaufendes Boot. Unter den täuschenden Farben des Mitleids strömte meine ganze Liebe zu ihr in mein Herz zurück und drohte mich zu ersticken. Ohne anzuklopfen, trat ich in ihr Zimmer, was verboten war. Sie saß mitten im Bett, gestützt von aufeinandergetürmten Kissen, denn sie klagte über nächtliche Erstickungsanfälle. Vor ihr lag ihr offenes Gebetbuch. Sie hatte ihre Haarteile abgenommen, und ihr Schädel war stellenweise kahl. Alt und allein war sie. Mein Vater war seit Anfang der Woche in Sarcelles. Allein und alt. Wie zu Kinderzeiten, als nichts mich daran hindern konnte, auch nicht die strengsten Verbote, kletterte ich auf ihr Bett. Ich schloss sie fest, ganz fest in meine Arme und bedeckte sie mit Küssen. Plötzlich, wie auf ein Signal hin, begannen wir zu weinen. Worüber? Über den geliebten Sandrino, der in der Ferne vor sich hinstarb. Über das Ende meiner Kindheit. Über das Ende einer gewissen Lebensform. Eines gewissen Glücks.

Ich schob meine Hände zwischen ihre jetzt nutzlosen und welken Brüste, die acht Kinder gestillt hatten, und verbrachte die ganze Nacht in ihrem Alters- und Arnikageruch, in ihrer Wärme, sie an mich geklammert, ich zusammengerollt an ihrer Seite.

Diese Umarmung will ich in Erinnerung behalten.

DIE LEHRERIN UND MARGUERITE

An einem 4. September Mitte der 50er Jahre feierte ich Wiedersehen mit Paris, das sich bereits in seine Herbstfarben eingemummt hatte. Ohne Begeisterung. Auch ohne Unmut. Mit Gleichgültigkeit. Eine alte Bekanntschaft.

Kaum hatte ich einen Fuß an Deck der Alexandria gesetzt, eines Bananenfrachters, der die Überfahrt in zehn Tagen schaffte, schon hatte ich begonnen, nicht mehr die zu sein, die ich gewesen war. Wir waren ungefähr zwölf Passagiere, Jungen und Mädchen, auf dem Weg zum Studium in Frankreich. Ich war mit meinen sechzehn Jahren die Jüngste, und alle gingen mit mir um wie mit einem Wunderkind. Die Atmosphäre war trübsinnig. Keine Flirts, keine Tänze, keine Scherze, das Heimweh griff die Seele an. Im Übrigen gab es keinerlei Ablenkung an Bord. Den Vormittag schlugen wir, in Liegestühle gefläzt, mit Lesen im Angesicht des Meeres tot. Nach dem Mittagessen schloss sich jeder bis zum Abendessen zu endlosen Siesten in seine Kabine ein. Anschließend spielten wir, zusammengedrängt im Raucherraum, halbherzig *belote*. Ich hätte mir niemals vorgestellt, wie sehr mir meine Mutter fehlen würde. Ich merkte, dass sie, wie das Gedicht von Auden sagt, »mein Nord, mein Süd, mein Ost und West, meine Arbeitswoche und mein Sonntagsfest« war. Fern von ihr hatte ich keinen Appetit mehr. Aus fiebrigen Träumen wachte ich in der Hoffnung auf, mich wieder an ihre Brust drücken zu können. Ich schrieb ihr täglich Seiten um Seiten, in denen ich sie bat, mir mein schlechtes Betragen in den letzten Jahren zu verzeihen, und ihr immer wieder versicherte, wie lieb ich sie hatte. Bei meiner Ankunft in Dieppe schickte ich zehn Briefe zugleich ab. Sie ließ sich mit der Antwort lange Zeit und schrieb mir dann kurze Briefchen, die stets mit der nichtssagenden Formulierung schlossen: »Deine Mutter, die an dich denkt.«

Ich versuche jetzt immer noch, mich zu trösten. Diese überraschende Gleichgültigkeit war vermutlich krankhafter Natur. Sie musste das erste Anzeichen der rätselhaften Krankheit sein, die sie eines Morgens ans Bett fesselte und einige Tage später im Schlaf sterben ließ.

In Paris wohnte ich in der Rue Lhomond, nur einen Katzensprung von der Rue Mouffetard entfernt, im Herzen des alten Paris. Thérèse, die meine Betreuerin geworden war, hatte für mich ein Zimmer in einem anständigen Heim gefunden, das junge Mädchen aus gutbürgerlichen Familien von den Antillen, vor allem aus Martinique, beherbergte. Umgeben von blonden oder braunhaarigen, gewellten oder lockigen Mulattinnen, *chabines* mit goldfarbenem Haar und mehrfarbigen, grünen, grauen oder blauen Augen, war ich die Einzige mit schwarzer Haut und krausem Haar. Von den beiden anderen aus Guadeloupe war die eine, Danièle, so weiß, dass sie einen schnellen Blick täuschen konnte, die andere, Jocelyne, schaukelte auf ihren Schultern die Haarpracht einer hinduistischen Prinzessin. Das machte mich nicht im Geringsten verlegen. Ich verglich mich mit niemandem, weil ich mich für das hässlichste Mädchen der Erde hielt. Etwas

Merkwürdiges beeindruckte mich jedoch. Obwohl ich durch meine Hautfarbe zu den »kleinen Negern«, den Zuckerrohrscheidern, Zuckerrohrbinderinnen, Fischern, Händlerinnen, Hilfsarbeitern auf den Kais und was weiß ich noch, gehörte, stand ich ihnen ferner als die hellhäutigen jungen Schnepfen um mich herum. Sie zumindest sprachen andauernd kreolisch, lachten dröhnend und wiegten ihre Hintern im Takt der Biguines. Man sollte meinen, ihre Eltern hatten ihnen keine guten Manieren beigebracht und sie teilten die Verachtung meiner Familie für die lokalen Traditionen nicht! Wie war das bloß möglich? Sandrino war tot, ich hatte niemanden mehr, mich zu beraten. Verloren im Labyrinth meiner Überlegungen setzte ich eine brummige, verschlossene Miene auf. Ich grüßte niemanden, weder am Morgen noch am Abend. Sobald das Abendessen vorüber war, schloss ich mich in mein Zimmer ein, das mit Reproduktionen von Picasso tapeziert war, begleitet von der *Hymne an die Freude* oder den *Brandenburgischen Konzerten*. Dennoch freundete ich mich ziemlich schnell mit der ebenfalls eigenartigen Jocelyne an. In Dakar geboren und aufgewachsen, wo ihr Vater ein hoher Beamter war, kannte sie das Land ihrer Eltern fast gar nicht. Sie sah seine Sitten und Gebräuche belustigt an und scheute sich nicht, sie zu verspotten. Unsere Landsmänninnen im Wohnheim nannte sie »die hübschen Kuscheltiere« und schwor, dass sie die Sorbonne für einen Heiratsmarkt hielten. Intellektuell hielt sie sich für allen anderen überlegen, mit Ausnahme von mir, was mir schmeichelte. Gemeinsam vergötterten wir Gérard Philippe und versäumten am Wochenende keine Vorstellung des *Théâtre Nationale*

Populaire. Beide waren wir auch vom Kino begeistert. Ich beneidete sie um ihre Schönheit, ihre Sicherheit, ihre Art, in ihre Zigarettenspitze zu beißen, wenn sie sich auf die Caféterrassen setzte, wohin ich mich nur mit ihr wagte, und die Jungen mit ihren feurigen, mit Mascara bepinselten Augen einzuschüchtern.

Mein Dasein ließ für Unerwartetes nicht mehr Spielraum als in La Pointe. Ich nahm niemals den Autobus. Mit großen Schritten durchmaß ich das Quartier Latin von der Rue Lhomond bis zum Lycée Fénelon. Wenn die Unterrichtsstunden vorüber waren, setzte ich mich, Papiertüte in der Hand – heiß, die Maronen! – auf eine Bank im Jardin du Luxembourg, und die Erinnerung an meine Mutter machte mir die Augen wässrig. Wenn es dunkel wurde, ging ich wieder ins Wohnheim zurück und begab mich zum lauten Abendessen in den Speisesaal, den Lachsalven und Stimmengewirr füllten. Wie ein Zombie löffelte ich meine Suppe.

Im Lycée entdeckte ich die Strenge des Programms der *hypokhâgne*. Da ich kein Buch öffnete, mich niemals der Bibliothek Sainte-Geneviève näherte, war ich praktisch überall die Letzte. Während ich im Unterricht über undankbaren griechisch-lateinischen Übersetzungen gähnte oder gezwungen war, über die Schlafstörungen von Marcel Proust nachzusinnen, hörte ich draußen, fern dieser Treibhäuser der Langeweile, das Herz des Lebens schlagen. Es gab die Welt ringsum. Sie vibrierte. Aber wie sollte man den Weg finden, der zu ihr führte? Die Lehrer kamen überein, meine Faulheit nicht zu stören: Ihre Haltung bedeutete, dass diese Kleine aus Guadeloupe hier fehl am Platz, keine Kandidatin für die Elitehochschulen war. Nur die Französischlehrerin,

Mme. Épée, verhielt sich anders. Eine Platinblonde, eher kräftig, eingezwängt in einen Pelzmantel, die schon auf den ersten Blick eine Abneigung gegen mich gefasst hatte. Meine Apathie, meine Gleichgültigkeit erbitterten sie. Sie fragte sich, wie sie mich am besten peinigen konnte, als Ende Oktober eine neue Schülerin auftauchte. Sie hieß Marguerite Diop und war die Tochter eines hohen Würdenträgers aus dem Senegal. So klein wie ich groß. Ein rundes Gesicht und Augen voller Schalk. So zierlich, dass die Pullover, die sie als Schutz gegen die Kälte ohne Rücksicht auf elegantes Aussehen übereinander trug, sie nicht dicker wirken ließen. Fröhlich. Immer bereit, den Pausenhof mit einer afrikanischen Geschichte zu erfreuen. Eine Leckerei, Geschenk einer ihrer zahllosen Tanten, zu teilen. Sie war eine ausgezeichnete Schülerin, fleißig, lebhaft. Kurz gesagt, das Gegenteil von mir. Mme. Épée bemächtigte sich unserer Verschiedenheit und verwendete sie gegen mich. Von da ab wurden die Französischstunden zu Zoos, in denen ein Aufseher gefangene Tiere vorführte. Zu Arenen, in denen der Dompteur sie zu Kunststücken zwang. Villon, Du Bellay, Chateaubriand, Lamartine, die gesamte französische Literatur wurde zum Vorwand für Hinrichtungen. Manchmal wurden die Bronzestatuen aus Benin oder die Fresken von Monomotapa zu Hilfe gerufen. Mme. Épée wies mir eine Rolle zu. Immer die gleiche. Ich verkörperte ganz offensichtlich den Niedergang Afrikas nach seiner Verpflanzung in die Neue Welt. Die von Marguerite so schön verkörperten Werte verkümmerten, sobald sie einmal die Ozeane überquert hatten. Heiterkeit und gute Laune verschwanden. Intelligenz und Sensibilität starben aus. Die Anmut entfloh. Nur geistige Schwerfälligkeit, Aggressivität und Verdrossenheit blieben übrig. Mme. Èpée scheute sich nicht, uns eine nach der anderen abzufragen, uns das gleiche Referat aufzubrummen und die Klasse zu Zeugen aufzurufen, wenn sie unsere Leistungen kommentierte. Möglicherweise unbewusst nahm sie ihren Platz in der langen Reihe der Missionare und Kolonialverwalter ein, die den »entwurzelten Afrikaner«, den *trousered nigger* lächerlich und verächtlich gemacht hatten, ohne einzugestehen, dass Marguerite, ausgebildet in einem katholischen Internat von Dakar und aufgenommen in eines der besten Lycées von Paris, nicht »echter« war als ich. Ich muss hinzufügen, dass mit Ausnahme von drei oder vier Mädchen, die ahnungslos waren, was vor ihnen getrieben wurde, die übrigen Schülerinnen diese Zirkusspiele nicht schätzten. Sie äußerten ihre Abneigung gegenüber Mme. Épée durch Disziplinlosigkeit, Frechheiten und Graffiti an der Tafel, was am Lycée Fénelon selten vorkam. Mir dagegen bezeugten sie aktive Sympathie. Ich wurde überhäuft mit Einladungen zum Essen oder zu Wochenenden im Landhaus der Eltern. Ich nahm an. Aber jedes Mal, wenn ich wieder im Wohnheim war, wurde mir bewusst, dass ich die Rolle der begabten Negerin gespielt hatte. Nein, ich kam nicht aus einem Zuckerrohrfeld. Ja, meine Eltern waren angesehene Leute. Ja, ich hatte in der Familie immer französisch gesprochen. Meine Kameradinnen hätten auch gewollt, dass ich aufbegehrte, dass ich auf meine Angreiferin reagierte. Sie verstanden nicht, dass ich ohne meine Mutter und meinen großen Bruder keine Kraft mehr besaß.

Da wir fortwährend gegeneinander ausgespielt wurden, hätten Marguerite und ich uns eigentlich verabscheuen müssen. Ganz im Gegenteil. Mme. Épée brachte unsere ungleichen Charaktere zueinander. Zitternd unter ihren Wollsachen wischte Marguerite meine Argumente im Jardin du Luxembourg mit einer Handbewegung beiseite. Ich täuschte mich: Mme. Épée hatte nicht nur etwas gegen mich. Sie war eine Rassistin, die uns beide gleichermaßen hasste. Teile und herrsche, das bekannte koloniale Programm. Ihre Tiraden über Afrikas Tugenden waren heuchlerisch. Ebenso beleidigend wie ihr Geschwätz von der Verkommenheit der Antillen. Plötzlich hielt Marguerite inmitten einer hochgelehrten Erklärung inne und zeigte mir ihren »Cousin« Cheikh Hamidou Kane, der über den Boulevard Saint-Michel eilte, einen brillanten jungen Wirtschaftswissenschaftler, sowie ihren »Cousin« Cheikh Anta Diop, der gerade ein tolles Buch abschloss, in dem er die Wahrheit über die Ägypter sagte, und meine Einsamkeit erwärmte sich bei dem Gedanken, dass alle Schwarzen miteinander verwandt waren. Sie lud mich häufig zu einer ihrer Tanten ein, die mit einem Parlamentarier aus dem Senegal verheiratet war. Zwölf Zimmer in der Avenue Marceau, überfüllt mit Gören, Besuchern, echten Verwandten, Schmarotzern und Frauen mit Schwanenhalsen auf ihren Stöckelabsätzen. Zu jeder Tages- und Nachtzeit aß man Reis mit Fisch aus kostbarem Geschirr, aus dem die nachlässigen Hände der Dienstmädchen Ecken geschlagen hatten. Camille, einer der » Cousins«, verliebte sich so sehr in mich, dass er mich nahezu anbetete. Er war klein und dick, höchst intelligent, eine künftige Führungskraft der

Weltbank. »In fünfundzwanzig Jahren«, prophezeite er, »sind unsere Länder unabhängig.« Er irrte sich, es war schon nach nicht einmal fünf Jahren so weit. Es war gut, endlich begehrt zu sein, auf den Mund geküsst, ein bisschen befummelt zu werden. Ich war jedoch nicht bereit für Afrika. Am Ende des zweiten Trimesters verschwand Marguerite. Ein Gerücht ging um, wurde bald zur Gewissheit. Sie war in den Senegal zurückgekehrt. Um zu heiraten. Wir erfuhren zudem, dass sie schwanger war und sich den ganzen Winter hindurch eingeschnürt hatte. Sofort vergaß mich Mme. Épée, um auf ihre einstige Favoritin loszugehen. In jeder Stunde machte sie sie zum kläglichen Symbol der Frauen ihrer Rasse: willenlos, ohne intellektuelle Ambitionen. In einigen Jahren würde sie verfettet, mit einem Zahnstocher im Mund durch die Gegend schlurfen.

Ich hatte auf der Bank der Klassenletzten wieder mit meinen Wachträumen begonnen. Ich stellte mir Marguerite mit den Zügen einer Senegalesin vor, die mir auf einem alten Stich gefallen hatte. Sie lag in einem Garten, in dem stolze und wilde Blumen wuchsen, auf einer Couch, und ihr Rücken ruhte auf bunten Kissen. Ihr Kopf war in ein großes blaues Tuch gehüllt. An den Füßen trug sie Stiefel mit Riemchen. Sie öffnete ihr Oberteil aus Taft und gab ihrem Baby ihre von Milch angefüllte Brust. Ihre wohlgeformte Üppigkeit spottete der Schmähreden von Mme. Épée. Gleichzeitig hoffte ich auf einen Brief, eine Karte, ein Zeichen eben, das meine Vorstellung von ihrem Glück bestätigte. Sie hat mir nie geschrieben.

OLNEL ODER DAS WAHRE LEBEN

Am Ende des Jahres wurde ich aus der Vorbereitungsklasse entlassen. Ich hatte nichts anderes erwartet. Meine Mutter enthielt sich eines Kommentars. Mein Vater schrieb mir einen Brief, ein Muster seines Genres, in dem er mir zu verstehen gab, dass ich die Schande seines Namens sei. Aus dieser Zeit stammt, glaube ich, der Ruf, der mir in der Familie anhaftete und den ich schließlich als Wahrheit akzeptierte: Trotz all meiner Intelligenz würde ich es nie zu etwas bringen.

Im November trat ich in die Sorbonne ein wie ein entflohener Gefangener, der in einem sicheren Land ankommt. Anonym und strahlend schlüpfte ich in ihre überfüllten Hörsäle. Die Altphilologie feuerte ich mit einem Fußtritt in die Ecke. Schluss mit Latein, Griechisch, Altfranzösisch, Mittelfranzösisch. Ich entschied mich für das Studium des Englischen. Das war immerhin weniger verstaubt. Und außerdem hatte ich die großen Dichter, Keats, Byron, Shelley, entdeckt. Ich berauschte mich an ihrer Poesie:

Was it a vision or a waking dream?
Fled is that music. – Do I wake or sleep?

Keats, *Ode an eine Nachtigall*

Ich begeisterte mich auch für ihre grausamen Lebensgeschichten und verstand, dass allein das Leid der Kreativität ihren wahren Wert verleiht. Dank meiner neuen Freiheit fand ich ehemalige Kameradinnen aus La

Pointe, darunter meine »Erstkommunionsschwester«, wieder. Meine Kameradinnen aus der *hypokhâgne*, die nun im zweiten Jahr der Vorbereitungsklassen waren, hatten mich nicht fallen lassen. Françoise, die sich etwas darauf zugutehielt, rot wie ihr Vater, Professor an der Sorbonne, zu sein, hatte mit ihm gelernt, über Antikolonialismus zu dozieren. Sie schenkte mir zum Geburtstag ein Exemplar von *Zurück ins Land der Geburt*. Die Dichtung von Césaire löste in mir keine Revolution aus, wie es die lautere Prosa von Zobel einige Jahre zuvor getan hatte. Beim ersten Lesen dekretierte ich, dass sie einem Vergleich mit der meiner englischen Idole nicht standhielt. Die Begeisterung von Françoise, die auf der Terrasse des Café Mahieu ganze Passagen daraus vortrug, steckte mich jedoch schließlich an. Allmählich öffnete ich meine Schleusen und ließ mich vom Tumult seiner Bilder mitreißen. Ich begleitete Françoise in die Rue Danton zum Saal der *Sociétés savantes*. Französische und afrikanische Kommunisten debattierten über ein neues, von Gaston Defferre ausgearbeitetes Gesetz, die *loi cadre**. Mich langweilten diese trockenen Reden. Ich bemerkte nicht einmal einen der Redner, einen Gewerkschafter aus Guinea: Sékou Touré.**

Noch nicht einmal zwei Monate später war ich jedoch wieder zum Ausgangsort zurückgekehrt. Meine

* Rahmengesetz, das wichtige Reformen in den französischen Überseegebieten ermöglichte. Gaston Defferre, vor allem bekannt als Bürgermeister von Marseille, war damals Minister für die Überseegebiete.

** Er wurde 1958 der erste Präsident des unabhängigen Guinea, das er bis zu seinem Tod 1984 diktatorisch regierte.

Begeisterung war abgeflaut, abgebrannt wie das Gras an einer Feuerstelle. Zur englischen Literatur gehörten nicht nur Shakespeare und mein rebellisches Genietrio. *Die Forsyte Saga*, die Romane von Jane Austen machten mir noch mehr zu schaffen als Tacitus und Platon. Und dann war da auch Alt- und Mittelenglisch. Ich ließ die Sorbonne Sorbonne sein. Ich weiß nicht mehr ganz genau, womit ich meine Tage zubrachte, ich weiß aber, dass ich enorm viel Zeit im Mahieu und in den Buchhandlungen verbrachte. In gewisser Weise war mein Dasein zwar verwöhnt, aber nicht lustig. Weit entfernt davon. Ich lebte in einer affektiven Wüste. Zu viele Jahre trennten mich von meinen Schwestern Émilia und Thérèse. In ihren Herzen waren nur sehr laue Gefühle für mich. Aus ihrer Sicht war ich eine zu stark von den alternden Eltern verwöhnte Letztgeborene, die Gott sei Dank das Leben abrichten würde. Am Samstag aß ich regelmäßig bei Émilia. Während ich aß, schloss sie sich, um jedes Gespräch zu vermeiden, in ihr Schlafzimmer ein und spielte Klavier. Sie war eine ausgezeichnete Musikerin, die mich zum Weinen brachte. Ich wusste, dass sie davon geträumt hatte, Konzertpianistin zu werden. Stattdessen hatte mein Vater sie in ein Pharmaziestudium gelenkt, das sie niemals abgeschlossen hatte. Vor dem Abschiedskuss schob sie mir regelmäßig Banknoten zu, die für eine Familie mittlerer Größe ausgereicht hätten. Jedes Mal hatte ich den Eindruck, dass sie auf diese Weise um Verzeihung für ihre Gleichgültigkeit bat. Jedes vierte Wochenende verbrachte ich in Thérèses hübscher windschiefer Hütte im Schatten der Basilika von Saint-Denis. Wenn wir uns nicht stritten, hatten wir uns schlichtweg nichts zu sagen: Sie hatte nur ihre kleine Tochter und ihren Ehemann im Sinn, und außerdem war ich ihr immer auf die Nerven gegangen. Sie fand mich narzisstisch und willensschwach. Sie glaubte an mir eine verächtliche Haltung wahrzunehmen, während ich innerlich vor Angst zitterte. Ich hatte keinen Liebhaber. Den jungen Mann, der drauf und dran gewesen war, mich zu lieben, hatte mir Jocelyne mit Meisterhand in ihrer gewohnten Überheblichkeit entführt. Dieser Misserfolg war nicht geeignet, mein Selbstvertrauen zu erhöhen.

Sehr schnell erkannte ich, dass Einsamkeit besser ist als schlechte Gesellschaft. Mit meiner Einsamkeit ging ich in alle Ausstellungen von Léonor Fini oder Bernard Buffet. Wir standen Schlange vor den Filmen von Louis Malle. Unverfroren begleitete sie mich in die größten Brasserien und übte sich in Geduld, während ich unter den Augen der verblüfften anderen Kunden Austernplatten verschlang. Sie war an meiner Seite, wenn ich die Faltblätter der Reisebüros verglich und beschloss, diese oder jene Zugfahrkarte zu kaufen. Mit ihr fuhr ich durch England, Spanien, Portugal, Italien, Deutschland. Von ihr begleitet brach ich mir auf einer Skipiste in Österreich ein Bein und wurde mit dem Hubschrauber ins Tal gebracht. Meinen siebzehnten Geburtstag feierten wir im Krankenhaus. Ich glaubte, es ginge um eine banale Blinddarmentzündung, und man operierte mir einen Tumor am Eierstock heraus. Die Ärzte teilten mir bestürzt mit, ich sei fast auf der Strecke geblieben und meine Chancen, Mutter zu werden, seien sehr verringert. Ich, die ich vier Kinder in die Welt setzen wollte, beweinte bitterlich meine Unfruchtbarkeit. Sogar mein Körper ließ mich im Stich. Dennoch war dieser Monat im Krankenhaus auch zauberhaft. Meine Bettnachbarin war Mme. Lucette, eine Händlerin, die ihr Gemüse in der Rue Rambuteau verkaufte. Wie ein Kind, das Lesen lernt und die Seiten seines Lesebuchs umblättert, hörte ich ihr fasziniert zu. Ist das Leben all das? Stolz stellte mir Mme. Lucette die Flut ihrer Besucher vor, und wenn diese sich verzückt über mein Französisch ausließen, war ich nicht beleidigt. Ich schwadronierte umso mehr, um ihnen gefällig zu sein. Ich zeigte ihnen Fotos von meiner Familie, und sie konnten die Schönheit meiner Mutter nicht genug rühmen. Aber nach der Entlassung aus dem Krankenhaus hielt meine Freundschaft zu Mme. Lucette nur bis zu einem Essen in der Bruchbude, die sie hinten in einem Hof im vierten Arrondissement bewohnte. Der Eintopf war köstlich, aber ich blieb die Tochter meiner Eltern. Im Frühjahr bat mich Jérôme, ein Kamerad aus Guadeloupe, der im Unterschied zu mir eifrig seinem Geschichtsstudium nachging, mit ihm den Luis-Carlos-Prestes-Zirkel zu leiten. Wer ist Luis Prestes? Ein Märtyrer? Ein Politiker? Ein Kulturnationalist? Daran erinnere ich mich heute gar nicht mehr. Fieberhaft veranstalteten wir literarische Nachmittage, Kolloquien, Vorträge, und ich fand langsam Gefallen an diesen Tätigkeiten, die mein Leben so überfrachtet hatten. Ich hielt auch einen Vortrag. Über die Kultur Guadeloupes. Wie er aufgenommen wurde, weiß ich nicht. Er beweist nur, dass ich damals keine Angst vor Themen hatte, von denen ich nichts verstand. Der Luis-Carlos-Prestes-Zirkel florierte. Ich wurde gebeten zu reden, in Zeitungen zu schreiben. Ich bekam einen Preis für eine Erzählung, die in der Zeitschrift der katholischen Studenten von den Antillen veröffentlicht wurde. Ich erwarb mir also unter den Studenten Ansehen als Intellektuelle, obwohl ich weiterhin nichts für mein Studium leistete. In diesem Jahr fiel ich bei den Prüfungen jämmerlich durch, und mein Vater verweigerte mir vor Zorn darüber die Rückkehr nach Guadeloupe in den Ferien. Diese nach einer gewissen Logik berechtigte Entscheidung hatte eine schreckliche Auswirkung.

Ich sollte meine Mutter nicht mehr lebend wiedersehen.

Ein Nachmittag im Zirkel war einer Debatte über Haiti gewidmet, wo ein gewisser Doktor François Duvalier Favorit im Rennen um die Präsidentschaft war. Was ich von Haiti wusste, blieb auf die Ballettaufführungen von Katherine Dunham beschränkt, die ich vor einigen Jahren im Théâtre de l'Empire zwischen Papa und Mama bewundert hatte. Ich wusste nicht, was man diesem François, außer seiner etwas affenähnlichen Maske, zum Vorwurf machte. Gegenüber seinen Opponenten, zumeist mulattische Kleinbürger, machte ihn mir seine Hautfarbe eher sympathisch. Ich war, ohne es zu wissen, als *noiriste** erzogen worden.

Der Luis-Carlos-Prestes-Zirkel hatte seit seinem Bestehen keine so turbulente Sitzung wie an diesem Abend erlebt. Anhänger und Gegner von Duvalier, schwarze und mulattische Studenten, hätten sich fast geprügelt. Jérôme und ich waren unfähig, Ruhe in eine

* *Noirisme:* vor allem in Haiti einflussreiche Strömung, die aus der Perspektive der Schwarzen den Konflikt mit den Weißen und den Mulatten in den Vordergrund stellt und in ihm den wichtigsten Faktor für die Geschichte der Region sieht.

Auseinandersetzung zu bringen, von der wir nicht viel begriffen. Angesichts von so viel Leidenschaft verspürte ich Neid. Ach, wie wäre es doch, aus einem richtigen, einem unabhängigen Land zu stammen und nicht von irgendeinem Stückchen Erde mit Départementstatus. Auf nationaler Ebene um die Macht zu kämpfen! Einen Präsidentenpalast mit einem farbenprächtig gewandeten Präsidenten zu haben! Ich schloss mich von einem Tag auf den anderen eng an Jacques und Adrien an, zwei haitianische Studenten der politischen Wissenschaften, die nach eigener – wahrer oder geheuchelter? – Aussage wahnsinnig verliebt in mich waren. Gelehrt wie sie waren, war ihnen nichts an ihrem Land unbekannt: weder die Geschichte, die Religion, die Wirtschaft und die politisch-rassischen Spannungen, noch die Literatur oder die naive Malerei. Als zwei arbeitssame Leseratten machten sie mir wegen meiner Untätigkeit ein schlechtes Gewissen. Ich hatte eine Schwäche für Jacques mit seinem vorspringenden, von einem Grübchen gekerbten Kinn und seinen dunklen Augen. »Siehst du«, seufzte er, »das Leben ist ein haitianisches Telefon. Du rufst Jacmel an, und du bekommst Le Cap. Du bekommst nie, was du willst.« Er riet mir zur Neuphilologie, die, wenn man ihm Glauben schenkte, wunderbar zu mir passen würde. Er war es auch, der mich sachte in den Richelieu-Hörsaal zurückführte, wo Marie-Jeanne Durry ihre Schau abzog. Aber Jacques und Adrien waren vor allem die Schatten von Sandrino, zwei wiedergefundene große Brüder. Ich vermochte mich nicht zu entscheiden. Auch waren sie beide zu sehr Söhne aus guter Familie, wohlerzogen und Sicherheit gebend in ihren gleichartigen Dufflecoats.

Während ein Teil von mir schon verwirrt, schon sehnlich das Ungewöhnliche erwartete, das Unbekannte, die Gefahr, nun ja das wahre Leben, stellte ich mir unser Dasein in Pétionville oder Kenskoff vor: ein langer Fluss ruhiger Langeweile. Ich war weit davon entfernt, vorauszusehen, welches Unglück bald über die Haitianer hereinbrechen würde, dass Jacques nach Kanada ins Exil gehen müsste und Adrien mit seiner ganzen Familie eines der ersten Opfer der *Tontons macoutes** sein würde.

Eines Abends folgte ich meinen Unzertrennlichen zu einem ihrer Landsleute, der in der Rue Monsieur-le-Prince wohnte. Das Gespräch drehte sich um die Landbevölkerung, und mit inbrünstiger Aufmerksamkeit lauschten wir Olnel, einem Mulatten, Diplomlandwirt, der die Not der Bauern im Artibonite-Tal schilderte. Einen Moment hielt er inne, um mich zu einem Artikel zu beglückwünschen, den ich über *General Sonne*** geschrieben hatte. Hätte oben am Himmel der liebe Gott persönlich den Wolkenvorhang beiseitegeschoben, um mich anzusprechen, wäre ich nicht erregter gewesen. Dass ein so schöner, so beeindruckender Mann einen so armseligen Menschen bemerkte, überstieg meine Hoffnungen Als wir beschlossen, zum Abendessen zu gehen, stolperte ich in meiner großen Aufregung auf der Treppe. Da überholte er Jacques und Adrien und hielt mich mit besitzergreifender Hand fest.

* Von François Duvalier, alias Papa Doc, geschaffene und für ihre Brutalität berüchtigte Miliz.

** *Compère Général Soleil* (1955), deutsch unter dem Titel *General Sonne* oder *Es brennt wie Dornen im Blut*, Roman des haitianischen Schriftstellers Jacques Stéphen Alexis.

Der Schutzengel, den anzurufen meine Mutter mich jahrelang gezwungen hatte, kam seinen Pflichten nicht nach. Nach so vielen Gebeten, zig Rosenkränzen und Novenen hätte er mir zur Warnung ein Zeichen geben müssen, und sei es auch ein unmerkliches; er hätte mich vor all dem warnen müssen, was Olnel für mich in petto hatte. Er blieb stumm.

Wir bogen in den von Lichtern durchschnittenen Boulevard Saint-Michel ein. Die Autoherde rollte mit aufgerissenen Augen und muhend Richtung Seine. An diesem Abend löste sich meine Einsamkeit von mir, verabschiedete sich, ohne dass ich es merkte. Über zwei Jahre lang hatte sie mich treu begleitet. Ich brauchte sie nicht mehr. Nun war ich ihm begegnet, dem wahren Leben mit seinem Gefolge an Trauer, Misserfolgen, unsagbaren Leiden und verspäteten Glücksmomenten. Sie blieb aufrecht an der Ecke der Rue Cujas stehen und winkte schwach mit der Hand. Doch ich Undankbare schaute sie nicht einmal an, während ich fälschlich geblendet der Zukunft entgegeneilte.

MÉRINE CÉCO bei Litradukt

Mérine Céco, geboren 1970 auf Martinique, promovierte in Sprachwissenschaften und erhielt eine Professur an der Université des Antilles-Guyane, deren Rektorin sie wurde. Als solche klärte sie einen Finanzskandal auf. Die Vorgänge an der Universität, die sie zwangen, Polizeischutz in Anspruch zu nehmen, und sie auf den Antillen zu einer Berühmtheit machten, verarbeitete sie in dem Schlüsselroman *Le talisman de la présidente* (2018). Weitere Werke sind *La mazurka perdue des femmes couresse* (2013) und *Au revoir Man Tine* (2016).

Die Leben unter deinem

Eine Mutter klärt ihre Tochter über »die Leben unter deinem« auf. Familiengeheimnisse kommen ans Tageslicht. Ein Roman über generationenübergreifende Traumata und Tabus, der den karibischen Mythos vom *dorlis*, einer Art Inkubus, erstmals aus einer weiblich-feministischen Perspektive behandelt.

216 S., Softcover, 14,00€

ISBN: 978-3-940435-34-7

»Eine packende Mutter-Tochter-Geschichte über die bis heute fortwirkenden Verwüstungen der Sklaverei.«

SWR

Informationen und Leseproben auf unserer Website

LITRADUKT.de